ALFAGUARA

Juan, Julia y Jericó

Christine Nöstlinger

Traducción de Rosa Pilar Blanco
Ilustraciones de Karin Schubert

ALFAGUARA

Título original: *JOKEI, JULA UND JERICHO*
© 1983, 1988, Beltz Verlag, Weinheim und Basel
© De la traducción: 1993, Rosa Pilar Blanco
© De esta edición:
  1993, Grupo Santillana de Ediciones, S. A.
  Torrelaguna, 60. 28043 Madrid
  Teléfono 91 744 90 60

• Aguilar, Altea, Taurus, Alfaguara, S. A. de Ediciones
  Beazley, 3860. 1437 Buenos Aires

• Aguilar, Altea, Taurus, Alfaguara, S. A. de C.V.
  Av. Universidad, 767. Col. del Valle, México, D.F. C.P. 03100

• Distribuidora y Editora Aguilar, Altea, Taurus, Alfaguara, S. A.
  Calle 80, nº 10-23, Santafé de Bogotá-Colombia

ISBN: 84-204-4756-0
Depósito legal: M-3.561-1999
Printed in Spain - Impreso en España por
Rógar, S. A., Navalcarnero (Madrid)

Primera edición: septiembre 1993
Undécima reimpresión: febrero 1999

Una editorial del grupo Santillana que edita en
España• Argentina • Colombia • Chile • México
EE.UU. • Perú • Portugal • Puerto Rico • Venezuela

Diseño de la colección:
José Crespo, Rosa Marín, Jesús Sanz

Editora:
Marta Higueras Díez

Impreso sobre papel reciclado
de Papelera Echezarreta, S. A.

Juan, Julia y Jericó

Así era Juan

Se llamaba Juan.

Juan Jerbek.

Tenía ocho años y era muy bajito para su edad. En el colegio, cuando en clase de gimnasia los obligaban a ponerse en fila según la estatura, siempre se peleaba con Michi por el penúltimo puesto. Juan no quería ser el más bajito de la clase.

También era bastante delgado. Pero fuerte. En el gimnasio, cuando les mandaban trepar por la cuerda, siempre llegaba al techo el primero. Y nadie en el colegio corría más deprisa que él. Ni siquiera uno de cuarto, Alex, que tenía las piernas larguísimas como las de las arañas.

En las peleas, camino del colegio, a veces ganaba a chicos que le sacaban la cabeza, si luchaban limpiamente.

Los ojos de Juan eran de un azul clarísimo. Sus cabellos eran rojizos, muy rojizos, como la piel del zorro, y ensortijados. En la nariz y en las mejillas tenía pecas. En verano, cuando le daba el sol, las pecas tenían hijos y entonces su cara se llenaba de puntitos. En invierno casi desaparecían. Le quedaban tan pocas que hasta podía contarlas: tres en la nariz, dos en la mejilla izquierda y siete en la derecha.

Y los dos dientes de arriba, que le habían salido el último invierno, eran muy grandes y estaban ligeramente torcidos.

Además, su pie izquierdo era algo más ancho y un poco más largo que el derecho. Para el izquierdo necesitaba un zapato del número 30. Para el derecho uno del 29. Pero como por desgracia no hay zapatería que venda dos zapatos de distinto número, su madre siempre elegía el par que le quedaba bien al pie derecho. Y, claro, el zapato izquierdo le apretaba. Le presionaba el dedo gordo y le rozaba en el talón. Como consecuencia tenía una ampolla en el dedo y una zona enrojecida en el talón.

Por eso Juan tenía una ligera cojera. En verano, cuando llevaba sandalias, jamás cojeaba. Ni tampoco cuando corría descalzo, como en clase de gimnasia.

Juan tenía...

Juan tenía padre y madre, un hermano pequeño y una hermana mayor, una abuela y una abuelita.

Juan tenía una colección de cajas de cerillas y un álbum de sellos muy gordo, un *scalextric* viejo y otro nuevo. Tenía sesenta y siete coches y un traje de indio con un penacho de auténticas plumas de águila.

Juan tenía una habitación empapelada con un papel con patos Donald y golfos apandadores y ratones Micky y relucientes montañas de monedas de oro sobre las que se sentaban muchos tíos Gilito.

Juan tenía unos prismáticos, cinco relojes de pulsera desmontados y un despertador roto, dos cajas llenas de construcciones, unos tirantes rojos y treinta y siete libros.

Juan tenía una americana azul marino que le obligaban a ponerse cuando iba de visita con su madre.

Juan siempre tenía sed.

Juan tenía miedo cuando se despertaba por la noche y todo estaba muy oscuro y silencioso.

Juan tenía tres amigos: Andrés, Karin y Sissi. Y un hámster en una jaula.

Juan solía tener suerte.

Cuando viajaba en autobús sin billete, nunca pasaba el revisor.

Cuando hizo añicos una copa de vino muy cara bebiendo limonada, consiguió envolver los trozos de cristal en un papel y tirarlos al cubo de la basura sin que se dieran cuenta su madre, su abuelita o su hermana mayor.

Cuando jugaba al fútbol en el patio y en vez de lanzar el balón a la portería formada por la barra horizontal donde se colgaban las alfombras para ser sacudidas, lo tiraba a la ventana abierta de la portera, ésta salía al patio y le echaba la bronca a Andrés. O a cualquier otro niño.

Pero nunca sospechaba de Juan.

Los deberes de matemáticas sólo tenía que escribirlos. No necesitaba hacer las cuentas. Su hermana mayor le dictaba las operaciones. Y los resultados. Porque su madre siempre le decía:

—¡Ayuda a Juan!

Además, una de sus abuelas, la que él llamaba «abuelita», tenía una tienda de golosinas. Juan tenía más chocolate, más caramelos y más barquillos de los que podía comer. En el colegio, durante el recreo, solía repartir caramelos y chocolate y barquillos. Eso le hacía ser muy querido entre los niños.

(Como es lógico, Juan tenía un montón de cosas más. Aquí sólo hemos citado las más importantes.)

Juan no tenía nunca un pañuelo para sonarse los mocos. Ni un pañuelo de tela ni de papel.

Ni bicicleta. Ni una pistola de juguete. Ni una escopeta de plástico. Ni un cortaplumas bien afilado.

Juan no tenía una cartera roja con cierres metálicos que centellean cuando les da la luz.

Ni un perro San Bernardo.

Tampoco un auténtico sombrero tejano de *cowboy,* de ala ancha y de cuero.

Juan no tenía talento para los trabajos manuales; ni para las maquetas de barcos, ni para los castillos de papel.

Tampoco tenía un gato.

Juan casi nunca tenía dinero. Muchas veces, la verdad, no tenía ni un céntimo. Tampoco tenía un hermano mayor, alegre, simpático y cariñoso.

Juan no tenía un diez en dibujo. Ni en lengua.

Juan no tenía un hueco entre los dientes que le permitiera silbar muy alto.

Ni un abuelo.

Como es lógico, Juan tampoco tenía un montón de cosas más. Aquí sólo hemos citado las que más echaba de menos.

Juan conoce a Julia

Un día Juan fue a comprar unas cosas para su madre. Compró un kilo de carne de vaca y un hueso bien gordo, un manojo de verduras frescas para la sopa y un paquete de fideos. Y cuatro manzanas verdes. Y ocho naranjas. Y tres plátanos.

De regreso a casa, cruzó el parque. Llevaba zapatos nuevos. Cuando sus zapatos eran nuevos, el izquierdo le apretaba de una manera horrible.

Así que se sentó en un banco del parque y se quitó el zapato izquierdo, y comenzó a balancear el pie para buscar alivio.

Deslizó la bolsa de la compra debajo del banco, a la sombra. Lucía un sol espléndido y no es bueno que le dé el sol a la carne de vaca y al hueso.

Juan se colocó de forma que le diese el sol en la cara.

Tomaba el sol en la cara siempre que podía. Porque no le gustaban nada sus pecas y pensaba: «Si estas asquerosas se multiplican con el sol, a lo mejor llegan a ser tantas que acaban por ocultar mi piel. Entonces la gente no notará que tengo pecas y creerá que soy medio negro».

Cuando una nube pasó ante el sol y su pie izquierdo dejó de dolerle se dispuso a calzarse de nuevo el zapato para regresar a casa. En ese momento llegó al banco una niña. Muy bajita y muy delgada. Una niña con cabellos rojos como la piel de zorro, ojos de un azul clarísimo y pecas con hijitos en la cara. La niña cojeaba un poco. Arrastraba el pie izquierdo.

La niña se sentó en el banco a su lado.

No hay muchos niños con cabellos rojos como la piel de zorro y ojos azules clarísimos. Cuando dos niños tan parecidos se encuentran, se miran asombrados.

Juan miraba fijamente a la niña. La niña le miraba fijamente a él.

—Me llamo Juan.

—Y yo, Julia —respondió la niña y añadió—: ¡Podríamos ser hermanos!

—Mis hermanos tienen el pelo castaño —replicó Juan.

—Igual que los míos —contestó Julia.

—¿Te pasa algo en la pierna?

La niña meneó la cabeza.

—Como cojeas... —dijo Juan.

—No cojeo. Puedo correr más deprisa que los demás. Lo que pasa es que el zapato izquierdo me está grande y tengo que tener cuidado para no perderlo.

Juan se rió.

—No te rías como un idiota —dijo Julia—. Mi pie izquierdo es más pequeño que el derecho. ¡Es una lata!

—Pues a mí me sucede justo al revés: mi pie derecho es más pequeño que el izquierdo.

—¿De veras? —preguntó Julia.

—¡De veras!

—Entonces perderás siempre el zapato derecho —exclamó Julia.

Juan meneó la cabeza.

—El derecho me está bien, el que me aprieta es el izquierdo.

—¿De qué número son tus zapatos? —preguntó Julia.

—Del 29 —dijo Juan.

Julia se sacudió el zapato de su pie izquierdo y lo puso junto al de Juan.

—Los míos son un 30 —precisó.

Juan y Julia observaron los dos zapatos que estaban delante del banco. El zapato de Juan era azul, el de Julia rojo. Pero tanto el rojo como el azul tenían una suela de goma blanca. Y los dos tenían cuatro ojetes por donde pasaban unos cordones blancos.

—Si fueran del mismo color —dijo Julia—, podríamos cambiarlos. A ti no te apretaría el mío y yo no perdería el tuyo.

Juan se puso el zapato de Julia y se ató los cordones. Julia se puso el zapato de Juan y se ató los cordones.

—¡Funciona! —exclamaron ambos.

—No me aprieta —dijo Juan.

—No se me sale —dijo Julia.

Para notar si los zapatos les sentaban bien de verdad, corrieron hasta los columpios, dieron tres vueltas alrededor y regresaron al banco. Juan corrió lo más deprisa que pudo, pero Julia no le fue a la zaga.

Cuando llegaron de nuevo al banco, se dejaron caer agotados.

—A mí me importa un pimiento llevar un zapato de cada color —dijo Julia.

—Los niños del colegio se reirán de nosotros —contestó Juan.

—Podríamos decirles que es una nueva moda venida de América —insinuó Julia—. ¡Y que son tontos de remate por no conocerla todavía!

—Eso está bien, pero que muy bien —dijo Juan y quiso preguntarle si lo de cambiar los zapatos iba en serio.

Justo en ese momento llegó al banco un señor calvo.

—¡Julia! —exclamó el señor de la calva—. ¡No hago más que buscarte por todas partes! ¡Ven ahora mismo! ¡Tenemos prisa!

Julia se levantó y el señor de la calva la cogió de la mano.

—Adiós, Juan —se despidió la niña.

Después se marchó sendero abajo con el señor calvo, en dirección a los columpios.

Juan la siguió con la vista. Contemplaba sus pies. El zapato azul y el zapato rojo.

—¡Julia! —gritó Juan.

La niña se volvió. Juan quiso correr hacia ella y preguntarle dónde podía volver a verla y cuándo. Pero el señor de la calva también se había dado media vuelta y miraba con cara de pocos amigos. A Juan le pareció que el señor calvo le miraba enfadado de veras. Tan enfadado, que Juan no se atrevió a acercarse a Julia. Se limitó a saludar con la mano, cogió su bolsa de la compra y se marchó en dirección contraria. Estaba muy triste. A pesar de que, dentro del zapato rojo, su pie izquierdo se sentía tan a gusto como nunca se había sentido desde hacía tiempo.

Juan busca a Julia

Al llegar a casa, Juan le entregó a su madre la bolsa de la compra. Ella no se fijó en sus pies y él no tenía ganas de enseñarle el zapato rojo.

Cogió un plátano y se fue a su cuarto. Allí se tumbó en la cama, se zampó el plátano, miró la pared cubierta de patos Donald y se enfadó por no haber salido corriendo detrás de Julia.

«¿Qué habría podido hacerme el señor de la calva?», pensaba. «¡Nada! ¡Nada de nada!»

«¡Juan, te has portado como un cobardica!», se dijo a sí mismo.

Durante la cena, su padre, al ver que llevaba un zapato de cada color, uno rojo y otro azul, le preguntó:

—¿Es la última moda?

—¡Sí! ¡Traída directamente de América! —contestó Juan.

—¿Qué es la última moda traída directamente de América? —preguntó su hermana.

—Esos zapatos absurdos que lleva tu hermano —dijo el padre.

La hermana miró por debajo de la mesa los pies de Juan.

—Mamá, ¿cómo es que Juan va a la última moda y yo no?

—Pero si los zapatos de tu hermano son normales y corrientes —exclamó su madre.

Tenía al hermano pequeño en el regazo y le estaba dando la sopa de fideos. Así que no podía mirar debajo de la mesa para ver los pies de Juan.

—¿Y esos zapatos los hay también en otros colores? —preguntó la hermana—. ¿Uno blanco y otro negro, por ejemplo? ¡Sería fantástico!

La madre dejó la cuchara con la que estaba dando de comer al pequeño, levantó el mantel y miró los pies de Juan. A éste no le quedó otro remedio que aclararle todo el asunto.

Cuando terminó de explicar el cambio de zapatos, su hermana exclamó:

—¡Pero Juan, eres tonto, no puedes ir por ahí con un zapato rojo y otro azul!

—¿Y por qué no? Hace un momento tú querías unos parecidos, uno negro y otro blanco.

—¡Mentira, mentira podrida! —exclamó su hermana.

—¡Y un jamón! —gritó Juan.

Su hermana se golpeó la sien con el índice dando a entender que estaba chiflado.

—¡Mamá! ¡Papá! ¡Abuelita! —gritó Juan—. ¡Vosotros sois testigos! ¡Cuando creía que era la última moda, se moría de ganas por adoptarla!

—¡Jamás en mi vida me hubiera atrevido...! —replicó la hermana—. Ni que fuera tonta.

—¡Mamá! ¡Papá! ¡Abuelita! —gritó Juan con el rostro congestionado de rabia—. ¡Decid que tengo razón!

—Dejad de pelearos como de costumbre —les reconvino su madre.

—Pero si lo dijo —insistió Juan.

—¡Parece mentira, Juan! —exclamó la abuelita cortándolo en mitad de la frase—. Los niños no pueden cambiar sus cosas sin más ni más. No tienen ningún derecho a ello. Y menos tratándose de algo tan caro como los zapatos.

La abuelita añadió entonces que había que averiguar quién era la tal Julia y dónde vivía. Había que preguntar a sus padres qué les parecía que llevase un zapato azul y otro rojo.

Al principio Juan quiso protestar. Decir que tenía derecho a no llevar un zapato que le apretaba. Que eso era asunto suyo y que nadie tenía que meterse en sus asuntos. Pero entonces pensó: «La abuelita es muy hábil: siempre que busca, encuentra. Seguro que da con Julia mucho antes que yo».

Así que se mostró de acuerdo con la abuelita, y su madre también.

—Sí —dijo la madre—, hay que encontrar a Julia. Yo hablaré con su madre. A partir de ahora podríamos comprar juntas los zapatos. Un par del

29 y otro del 30. Le daríamos a Juan un zapato de cada par y lo mismo a Julia. ¡Sería ideal!

—Sólo conocéis su nombre —dijo el padre—. Jamás la encontraréis.

—Una niña pelirroja y con pecas igual que Juan, un monstruo así, seguro que llama la atención —observó la hermana con una risita malintencionada—. No será difícil encontrarla.

Juan le sacó la lengua a su hermana y le atizó una patada en la espinilla. Pero su enfado había desaparecido. Se alegraba muchísimo de que las posibilidades de volver a ver a Julia hubieran subido como la espuma.

Juan esperó pacientemente una semana entera a que la abuelita o su madre encontrasen a Julia. Pero ninguna de las dos tuvo suerte. Tampoco se esforzaron demasiado.

La abuelita se limitaba a preguntar a todos los niños que entraban en su tienda de golosinas:

—¿Conocéis a una niña bajita y delgada de pelo rojo, con unos ojos azul clarísimo y muchas pecas?

Y los niños respondían:

—Caramba, pelo rojo..., pecas..., ojos azul clarísimo... ¡sólo puede ser Juan!

Su madre preguntaba a otras madres cuando iba a la compra o al parque con su hijo pequeño. Una de ellas afirmó haberla visto.

—Estuvo en el parque con un hombre calvo

—informó—. Me llamó la atención porque llevaba los zapatos de distinto color: uno rojo y otro azul.

Pero esa madre tampoco sabía cómo se llamaba la niña ni dónde vivía.

—Ya la encontraremos —le dijo a Juan su madre—. No hay prisa. De todos modos, hasta otoño no necesitarás zapatos nuevos.

Pero a Juan no le apetecía esperar hasta otoño. Para él los zapatos eran lo de menos. Lo que deseaba era ser amigo de Julia.

—Ya tienes dos amigas —dijo su padre—. ¡No seas tan ansioso, Juan! No es imprescindible tener tres amigas.

—¡Pues para mí Julia es imprescindible! —contestó Juan.

—¿Por qué? —preguntó su padre.

Eso era algo que no podía explicarle. Sólo hubiera podido decir: «Porque Julia se parece mucho a mí y porque es muy guapa. Hasta ahora nunca había visto a nadie que se pareciera a mí y fuera guapo. ¡Es una sensación fantástica!»

Hubiera podido decírselo, es cierto, pero no se atrevió porque tenía miedo de que su padre se riese de él. Así que se limitó a decir simplemente:

—¡Porque me cae bien!

—¡Eso se llama amor a primera vista! —explicó su hermana con una risita maligna.

Juan le dio un puñetazo en la barriga.

—¡Vaca burra! —le gritó.

Sin embargo, sabía de sobra que tenía toda la razón.

Como su madre y su abuelita no buscaban a Julia de verdad, Juan emprendió la búsqueda por sí mismo.

Comenzó por sentarse todas las tardes en el mismo banco del parque donde la había conocido. Su abuelita solía decir: «Hay que buscar siempre las cosas donde uno las ha visto por última vez».

Pero, al parecer, esa receta sólo era válida cuando se trataba de rotuladores, pelotas de pingpong o libros de matemáticas. Juan no encontró a Julia de esa forma.

Comenzó a recorrer los otros parques. Su hermana le había hecho una lista con todos los de los alrededores. Los había buscado en el plano de la ciudad. Y es que su hermana también tenía a veces su lado bueno.

Pero tampoco encontró a Julia en los otros parques. Al menos mientras él la buscaba. Ni en la piscina. Ni en los grandes patios de los edificios nuevos, ni en los patios diminutos de las casas antiguas.

—Juan, deja de buscarla —le aconsejó su madre—. Es imposible encontrarla buscando uno solo. Mientras tú la buscas en la piscina, ella estará en el parque Beserl. Y mientras recorres el parque Beserl, estará en la piscina.

Juan lo comprendía. Pero se negaba a darse por vencido.

Al día siguiente, en el colegio, durante el recreo, les pidió ayuda a sus amigos para encontrar a Julia.

Pero Andrés, Karen y Sissi se mostraron ofendidos.

—Desde hace tres semanas —dijo Andrés—, ya no tienes tiempo para nosotros.

—Todas las tardes tienes otras cosas que hacer —le reprochó Karin.

—Nunca estás en casa cuando te llamo —dijo Sissi.

Cuando les explicó por qué no había tenido tiempo en las tres últimas semanas, se sintieron más ofendidos aún y, completamente indignados, se negaron a buscar a la tal Julia.

—Nosotros somos cuatro amigos —dijo Andrés—. ¿Para qué necesitamos una quinta rueda en el carro?

—¿Es que ya no te parecemos lo bastante buenos? —preguntó Karin.

—¿Qué tiene de especial la tal Julia? —preguntó Sissi.

Entonces Juan cometió un error. Contó a sus amigos lo que no había querido revelarle a su padre: que Julia se parecía mucho a él. Que era muy guapa. Que sentado a su lado en el banco se había sentido muy a gusto. Que tenía incluso el

mismo problema que él en los pies, sólo que al revés.

Juan les explicó a sus amigos su historia con Julia lo mejor que pudo.

Pero al terminar, Sissi, Karin y Andrés estaban muy ofendidos.

—De modo que ahora te importamos un rábano —exclamó Andrés.

—Muy amable por tu parte —gritó Karin.

—¡Hemos dejado de ser amigos! —exclamó Sissi.

Y no volvieron a cruzar ni media palabra con él. Después del colegio, en el camino de vuelta a casa, ya no iban a su lado, como de costumbre, sino tres pasos detrás de él, y gritaban:

> *Juan es un pecoso*
> *con pelos de perro rojo*
> *Juan delgado y esmirriado,*
> *pronto estarás fastidiado.*

Juan volvió a casa llorando.

Su madre no podía consolarle.

Ella tampoco sabía por qué los amigos se convierten en enemigos cuando uno les cuenta que, además de a ellos, también quiere mucho a otra persona.

A Juan no le van bien las cosas sin amigos

A Juan no le iban bien las cosas sin amigos.

Los niños del colegio se burlaban de él, porque Sissi, Karin y Andrés les habían dicho:

—Juan es un trolero. No lleva esos zapatos ridículos porque es la última moda de América. Es que tiene los pies de diferente tamaño y ha cambiado un zapato a una niña que también tiene los pies desiguales.

—Juan está chalado —dijeron los niños.

Como es natural, Juan no podía evitar oírlo y le sentaba fatal. De modo que dejó de repartir golosinas en los recreos.

—¡Lo que nos faltaba! Ahora ese chiflado se ha vuelto un tacaño —comenzaron a decir los niños.

Cuando Juan regresaba a casa del colegio, los niños gritaban a sus espaldas:

Juan tiene un zapato rojo,
y de color azul es el otro.
Ya no nos da caramelos.
—¡Nunca jamás le querremos!

O también:

Juan se ha metido en apuros,
lleva un zapato azul y otro rojo oscuro.
Tiene un pie grande y otro chiquito,
y además se caga en los calzoncillos.

—Hijo, deja de ponerte esos zapatos —le aconsejaba su madre—. Hace ya demasiado calor. ¿Por qué no te pones las sandalias? Con las sandalias el pie izquierdo no te duele y así los niños dejarán de burlarse de ti...

Pero él negaba con la cabeza.

—Ni soñarlo —replicaba.

Todos los días, al levantarse, Juan se ponía los mismos zapatos, uno rojo y otro azul.

—Eres más tozudo que una mula —le reprochaba su madre.

Pero no lo era. Lo que sucedía era que el zapato rojo era muy importante para él. Porque pertenecía a Julia y era la única cosa que tenía de ella. Juan se lo explicó a su padre.

—Hay niños que se hacen hermanos de sangre. Se pinchan en los dedos hasta hacerse sangre y después se chupan la sangre el uno al otro. ¡Entonces se convierten en amigos para siempre!

—¿Bueno, y qué? —preguntó su padre.

—¡Pues que Julia y yo somos hermanos de

zapato! —replicó Juan—. ¡Yo tengo que llevar siempre puesto su zapato rojo!

Su padre asintió y respondió que al fin comprendía bien todo el asunto.

Por la noche, en la cama, antes de quedarse dormido, Juan pensaba siempre en Julia, imaginándose lo que habría hecho durante el día. Se imaginaba que había estado jugando con su *scalextric* nuevo y con el viejo. Que se había puesto sus plumas de indio, de águila de verdad, y que había ojeado el álbum de sellos. Y que se había negado a prestarle a su hermano pequeño las dos cajas de construcciones. Y que su madre la había regañado por eso, llamándola agarrada y tacaña. Julia le había pintado gafas a uno de los patos Donald de la pared. Con un rotulador verde. Y al volver a casa después del colegio, había llorado. Porque los niños se reían de ella por llevar un zapato rojo y otro azul.

Entonces a Juan le daba mucha pena y sentía más compasión por ella que por sí mismo.

Juan encuentra de nuevo a Julia

Un lunes, a mitad de la tercera clase, el conserje del colegio entró en el aula. Justo cuando había salido a la pizarra Michi. Había pintado con tiza amarilla seis peras debajo de otra seis peras y tenía que responder cuántas había pintado en total.

El conserje saludó en primer lugar a la profesora.

—Buenos días, señora Meyer —y luego añadió—: Juan Jerbek tiene que acompañarme ahora mismo al despacho del director.

Juan se levantó. Despacio, muy despacio. Y caminó hacia la puerta de la clase más despacio todavía.

—¿Has hecho algo malo, Juan? —preguntó la señora Meyer.

Él negó con la cabeza.

—Pues si tienes la conciencia tranquila, no pongas esa cara de susto —le dijo la profesora—. ¡Ya verás cómo será algo sin importancia!

Juan asintió y salió detrás del conserje. La clase estaba en el tercer piso. El despacho del director, en el primero. Mientras bajaba las escaleras, Juan meditaba si de verdad tenía la conciencia tranquila. «En los últimos días», se decía a sí mismo, «fijo que no he hecho nada malo. Pero a veces también salen a relucir viejas cuestiones».

Recordó que un día escribió con letras muy grandes en la pared del gimnasio: «MICHI ES TONTO». Y que otro día había ido a pedirle al conserje cuatro tizas para la señora Meyer. Pero a su profesora sólo le entregó tres. La cuarta se la quedó para él. Y la semana pasada había vuelto todos los días en autobús a su casa desde el colegio. Para evitar que los niños corrieran tras él haciéndole burla. Había viajado sin billete. Y el libro que había sacado prestado de la biblioteca del colegio le faltaban dos páginas cuando devolvió. La culpa fue de su hermano pequeño. Las llenó de garabatos y las arrugó. Después él mismo las arrancó para evitar problemas con la señora Meyer.

Al llegar ante la puerta del despacho del director estaba casi completamente seguro de que habían ido a buscarle por lo de las páginas del libro.

«¿Lo niego todo o confieso?», pensaba. No había tomado todavía una decisión cuando el conserje abrió la puerta y avisó:

—Señor director: Juan Jerbek.

El conserje lo empujó dentro del despacho y cerró la puerta. Juan se quedó pegadito a ella.

Junto al escritorio, frente al director, se

sentaba un hombre. Juan lo reconoció en el acto. Era el señor de la calva, con el que Julia se había ido del parque.

—¡Acércate, Juan! —ordenó el director.

Juan avanzó dos pasos hacia el escritorio.

—¿Eres tú el Juan que busca este señor? —preguntó el director.

Juan asintió en silencio.

—Sí, creo que es éste —confirmó el señor de la calva. A continuación dirigió la vista hacia sus zapatos y exclamó—: ¡Pues claro que lo es! Lleva puesto el zapato rojo.

Juan se asustó. ¿Acaso el señor de la calva quería quitárselo? ¿Era igual que su abuelita? ¿Pensaba que los niños no tenían derecho a cambiar sus zapatos?

—Bueno, lo ha conseguido usted, profesor —dijo el director en ese momento al señor de la calva.

Y mientras hablaba, le sonreía con amabilidad. Hasta a Juan le dedicó una sonrisa.

El señor de la calva suspiró, se rascó detrás de la oreja, debajo de un mechón de pelo gris, y mirando a Juan afirmó:

—La primera parte de esta pesada tarea está hecha. Pero si él se niega, todo habrá sido en vano.

—Seguro que no se negará, doctor Bramber —dijo el director.

—Así lo espero —le dijo el señor de la calva

al director, y luego añadió dirigiéndose a Juan—: Juan, yo tengo una nieta. Julia.

Juan asintió.

—Y celebra su cumpleaños el próximo domingo —explicó el señor de la calva—. Yo no paro de preguntarle qué regalo desea. ¿Una cocinita? ¿Un piano para niños? ¿Un sombrero rojo? ¿Una bolsa de golosinas? Pero ella siempre me responde lo mismo: «Lo único que deseo es que traigas a Juan».

A Juan le hubiera encantado ponerse a dar saltos y gritos de alegría, pero allí, en el despacho del director, no se atrevió a hacerlo, y asintió de nuevo en silencio.

—Por eso comencé a buscarte —dijo el señor de la calva—. He visitado ya nueve colegios preguntando por un niño pelirrojo llamado Juan. Habría sido una catástrofe no haberte encontrado a tiempo para el cumpleaños.

El señor de la calva le entregó una tarjeta de visita, rogándole que acudiese el próximo domingo, a las cuatro en punto de la tarde, a la dirección impresa en la tarjeta.

—No faltes, muchacho, o tendré un disgusto —dijo el señor de la calva.

Juan volvió a asentir y quiso preguntarle al señor de la calva si podía ir a visitar a Julia ese mismo día o al siguiente. Porque hasta el domingo todavía faltaban seis días. Pero no se atrevió por miedo a resultar demasiado pesado.

—¡Ah! Y no te dejes ver antes del domingo, chico, o mi sorpresa de cumpleaños se habrá esfumado —añadió el señor de la calva.

Juan corrió de vuelta a su clase alegre como unas pascuas tarareando:

—Cumpleaños feliz, cumpleaños feliz...

Al entrar en clase, dejó de cantar.

—Bueno, Juan, ¿qué ha pasado? —preguntó la señora Meyer mientras sus compañeros le miraban llenos de curiosidad.

Juan le enseñó la tarjeta de visita.

—El doctor me ha pedido que sea el regalo sorpresa de cumpleaños para su nieta —informó.

—¡Caramba, Juan, te felicito! —exclamó la profesora.

Y los niños de la clase se quedaron tan impresionados que lo dejaron en paz incluso en el camino de vuelta a casa.

Una larga espera hasta
el domingo

Al llegar a casa, le mostró a su madre la tarjeta de visita del doctor y se lo contó todo. Su madre se puso muy contenta. Hasta su hermana se alegró y le hizo un «come-horas». Dibujó en una hoja de papel una casilla por cada una de las horas que faltaban hasta las tres de la tarde del domingo. Un cuadrado de 12 hileras con 12 casillas cada una. Juan miraba las 144 casillas y suspiraba. Las 144 horas le parecían una eternidad.

—Se está portando peor que antes de Navidad —dijo la abuelita—. Estas nostalgias amorosas necesitan tratamiento.

—A tu edad ya no estás para esos trotes, abuelita —dijo el padre.

—No seas descarado, hijo —exclamó la abuelita—, que tengo 58 años muy bien llevados, me encuentro más fresca que una rosa y recibo dos propuestas de matrimonio por temporada.

Dicho esto, se fue a su habitación, muy ofendida por las risas del padre y de la madre.

A Juan el tiempo hasta el domingo se le

hizo verdaderamente eterno. Pero de nada le sirvió. No podía estudiar. Ni leer. No le apetecía ordenar sus cajas de cerillas. Ni ver la televisión. La película italiana del oeste que retransmitieron en uno de los programas de la tarde no le interesó lo más mínimo. Y en el colegio estaba tan distraído que era horroroso. En lugar del libro de lectura abría el libro de matemáticas; los lápices se le caían del pupitre sin parar; en lugar de mirar a la pizarra miraba por la ventana, y cuando la señora Meyer le pedía que le dijera una palabra que empezara por una «h muda» y una «i», Juan respondía:

—7, 14, 21, 28, 35...

Y es que no se había dado cuenta de que la clase de matemáticas había terminado hacía rato y ya no estaban dando la tabla del siete.

A Juan lo único que le interesaba era tachar horas.

El jueves, cuando en el «come-horas» no le quedaban más que 72 casilleros sin tachar, le dijo a su madre:

—Voy a dar un paseo de prueba hasta la casa de Julia. Para saber cuánto tiempo necesito para llegar.

—No es necesario —respondió su madre—. El domingo yo te llevaré en coche hasta allí. ¡No tardaremos ni cinco minutos!

—¿Y si ese día tienes gripe?

—Yo sólo tengo gripe en invierno —contestó su madre.

—Pues también hay gripe en verano —insistió Juan.

—Entonces te llevará tu padre.

—¿Y si pilla también la gripe de verano? Es algo que sucede de la noche a la mañana —volvió a la carga Juan.

—¡En ese caso te llevará la abuelita! —exclamó la madre.

—¿Y si a la abuelita se le rompen sus gafas y no encuentra las de repuesto? No se puede conducir sin gafas —dijo Juan.

—¡Mamá, esto no hay quien lo aguante! —gritó su hermana—. Déjale que haga la prueba de una vez. Así por lo menos lo perderemos de vista un rato y tendremos un poco de tranquilidad.

Juan se dirigió, pues, a título de prueba a casa de Julia. Con una gorra de ciclista blanca sobre sus rizos rojos y unas gafas de sol cubriéndole los ojos. Era su camuflaje por si Julia se asomaba por casualidad a la ventana o se la encontraba casualmente en la calle, junto a su casa. Juan quería cumplir a toda costa la promesa que le había hecho al doctor.

El camino hacia la casa de Julia era fácil. Juan bajó primero hasta la calle principal, caminó por ella hasta llegar al parque, lo cruzó y giró luego por la tercera bocacalle a la izquierda.

Julia vivía en la calle Meisen. En el número 13. Había tardado en llegar 30 minutos.

El edificio era bajo. Sólo tenía un piso.

Juan contó nueve ventanas en el primero. La planta baja carecía de ventanas. Sólo tenía una puerta muy ancha, a su derecha una florería y a la izquierda una relojería. Sobre la puerta de entrada había un gran letrero de latón en el que estaba grabado:

Doctor Otto Bramber
Médico
No se admiten sociedades.
Consulta previa petición de hora

Juan se detuvo unos minutos frente al edificio, al otro lado de la calle, mirando hacia las ventanas. Tras los cristales pendían cortinas blancas. Sobre un alféizar había una maceta con flores de color rosa. En ese momento apareció un Mercedes negro por la calle y se detuvo ante la casa de Julia. Al volante iba el doctor. Juan se alejó corriendo a toda velocidad. No deseaba que el doctor lo viera.

El viernes por la tarde Juan emprendió un nuevo viaje de prueba a casa de Julia. Fue hasta la calle principal, cogió el autobús hasta el parque y caminó hasta la calle Meisen. Tardó sólo 17 minutos.

El sábado Juan convenció a su padre para hacer un tercer viaje de prueba. Como el padre tenía desde hacía una semana un coche nuevo del que se sentía muy orgulloso, no puso el menor reparo. Tardaron 5 minutos.

—Mañana, como es domingo, habrá menos tráfico —dijo su padre—. Seguro que tardaremos menos de 3 minutos.

A pesar de todo, el domingo, al mediodía, Juan ya estaba listo para salir. Se había lavado el pelo y se lo había secado con el secador. Se había lavado y cortado las uñas —incluso las de los pies—, y como la abuelita se quejaba de que siempre llevaba el cuello sucio, Juan se lo había frotado con un algodón empapado en colonia.

Por eso, después de comer, le obligaron a sentarse en el balcón. Toda la familia decía que desprendía un apestoso olor a violetas que provocaba dolor de cabeza.

—¿Mamá, todavía apesto? —gritaba Juan cada 3 minutos.

Su madre salía al balcón y olfateaba.

—¡Sí! ¡A violetas! —respondía.

—Parece que la cosa se va arreglando —dijo su madre al cuarto olfateo.

Cuando olisqueó por séptima vez, le permitieron entrar de nuevo en casa.

Juan se puso su americana azul y dejó que la abuelita le anudase alrededor del cuello una corbata. De pie junto a la puerta de entrada, no cesaba de preguntar:

—¿Qué, nos vamos ya?

Pero nadie le contestaba, y eso le parecía una maldad incalificable.

A las tres y media sonó el teléfono. Su padre descolgó el auricular.

—Dígame —dijo—. Buenas tardes, señor Bramber —añadió.

Juan palideció. ¿Habría cambiado Julia de idea? ¿Habría preferido como regalo de cumpleaños una cocinita, un piano de juguete o un sombrero rojo antes que a él?

El padre sostenía el auricular contra la oreja y reía. Pero su risa no tranquilizó a Juan. Su padre a veces se reía de cosas que a él no le hacían ninguna gracia.

—Puede usted estar seguro de ello, doctor —dijo al fin y a continuación colgó.

—¿Qué pasa? —preguntó Juan con voz temblorosa.

Su padre volvió a reírse.

—Ese hombre no tiene ni idea de cómo estás —explicó—. Sólo quería recordarte que prometiste ir a ver a Julia.

Entonces Juan se tranquilizó, y aguardó pacientemente junto a la puerta hasta que fueron las cuatro menos cinco.

Julia celebra su cumpleaños

A las cuatro en punto el coche del padre de Juan se detuvo ante la casa de Julia.

—Que te diviertas, Juan —le dijo su madre entregándole una caja de bombones. Una caja muy bonita con un gran lazo.

—Adiós, mamá.

—Papá vendrá a buscarte a las ocho —le recordó su madre.

Juan bajó del coche y se dirigió a la puerta de la casa. Esta vez estaba abierta, con una mujer bajita y un tanto regordeta esperando en el umbral. A Juan no le pareció lo bastante vieja como para ser la abuela de Julia ni lo suficientemente joven para ser su madre.

—Hola, Juan —saludó la mujer bajita y un tanto regordeta—. Soy la señora Tranek, el ama de llaves.

La señora Tranek apretó entonces un botón situado en el vano de la puerta y anunció por una pequeña rejilla que había junto al botón:

—Doctor, Juan ha llegado.

—¡Magnífico! Entonces podemos empezar —zumbó la voz del doctor por la pequeña rejilla.

El ama de llaves tomó a Juan de la mano.

—Lo celebraremos en el jardín —informó.

Atravesando el vestíbulo y una puerta con cristales rojos y violetas, lo condujo hasta el jardín. Lo llevó por un camino de grava, flanqueado por arriates de pensamientos y tulipanes, y de repente se encontraron ante una pequeña casa de madera.

Sobre su puerta se leía en enormes letras de color rojo: «VILLA JULIA».

El interior de la casa de madera era tan grande como la habitación de Juan. En el centro había una mesa. Sobre la mesa, un mantel blanco. Y encima de él, una tarta de color rosa con ocho velas alrededor y una en el centro. Y alrededor de la tarta, un montón de paquetes envueltos en papel de color rosa. A la derecha de la mesa, en el suelo, una montaña de cajas a rayas amarillas y verdes. A la izquierda, también en el suelo, otra montaña de paquetes, esta vez rojos.

La señora Tranek encendió las nueve velas de la tarta con un mechero mientras murmuraba:

—¡Qué disparate! ¡Todos estos cachivaches bastarían para contentar a todo un orfelinato el día de Reyes! —señaló una silla situada junto a la mesa y ordenó—: Siéntate, Juan.

Él obedeció. El ama de llaves cruzó los brazos sobre el regazo, miró la tarta con las velas encendidas y murmuró:

—Le dan todo lo que pide —y añadió mirándole—: ¡Incluso a ti!

Por su forma de hablar, parecía como si el ama de llaves no estuviese demasiado satisfecha con Julia. Pero Juan no tuvo tiempo de meditar sobre el asunto, porque la puerta del patio chirrió y se oyó la voz de Julia que decía:

—Abuelo, abuelito bueno, abuelito calvorota, ¿voy a tener a Juan? ¡Contéstame, por favor!

—Lo sabrás enseguida —oyó decir al doctor y Juan se sentó tieso como una vela.

—Como Juan no esté sentado junto a mi mesa de cumpleaños, empezaré a llorar, abuelo, y lloraré y lloraré hasta caer muerta.

La voz de Julia sonaba ya muy cerca de la casita de madera. Poco después se abrió la puerta. Pero ño fue Julia la que entró primero; por la puerta pasó como una flecha un perro gigantesco. Un auténtico San Bernardo. Dio un salto hacia la mesa, ladró a las velas de la tarta, metió su enorme cabeza en la montaña de paquetes rojos esparciéndolos todos por el suelo y luego, saltando hacia Juan, le colocó sus patas delanteras sobre los hombros y le lamió la cara con una lengua blanda, cálida y húmeda.

—¡Quieto, Jericó! ¡Siéntate, Jericó, vamos! —ordenó a gritos la señora Tranek.

Agarró al San Bernardo por el collar e intentó apartarlo de Juan. Pero el perro era mucho más fuerte que el ama de llaves.

Juan sentía una sensación muy rara. Estaba un poquito asustado, porque nunca le había puesto las patas sobre los hombros un perro tan descomunal, y además también le espantaba un poco la baba caliente del perro en la cara. Juan pensó en su madre. Si hubiera estado allí habría gritado: «¡Demonios, qué asco!». A pesar de todo, se alegraba. A fin de cuentas el San Bernardo era su perro favorito, y ¿acaso no es estupendo que te abrace y te bese tu perro favorito?

Pero había algo no tan bueno en esa situación: el San Bernardo era tan grande que Juan no veía más que su piel marrón y blanca. Sólo podía oír a Julia que gritaba:

—¡Quieto, Jericó, deja en paz a mi Juan!

También escuchaba las voces del abuelo:

—¡Quieto, Jericó! ¡Échate, Jericó! ¡Para de una vez, maldito animal!

Y como la señora Tranek seguía riñendo al San Bernardo, aquello parecía una jaula de monos. De repente, Jericó se alejó aullando y se metió debajo de la mesa. Al mover la cola, ésta había pasado por encima de las velas de la tarta y se había chamuscado los pelos del rabo.

Juan quiso limpiarse la cara mojada de babas, pero desgraciadamente no llevaba pañuelo. Por más que hurgó en todos los bolsillos, no encontró ninguno.

—Toma, coge el mío —le ofreció Julia.

Se acercó a Juan y le tendió un pañuelo de color rosa.

—Gracias —dijo Juan y cogiéndolo se limpió por la cara.

—Este animal ha echado a perder toda la solemnidad del momento —le dijo el abuelo al ama de llaves, y dirigiéndose a Jericó, que seguía tumbado bajo la mesa lamiéndose los pelos chamuscados de su cola, le advirtió—: Te está bien empleado. ¡Él que no tiene cabeza, tiene que tener pies!

—¡Un perro tan gigantesco como éste tiene que estar adiestrado! —le dijo la señora Tranek al doctor. Y mirando a Jericó añadió—: ¡Si vuelve a suceder, me despido!

Juan y Julia no decían nada. Se miraban y sonreían. Julia hizo chocar la punta de su zapato rojo con la punta del zapato rojo de Juan, y éste empujó con la punta de su zapato azul la punta del zapato azul de Julia. Y los dos se echaron a reír con risa contenida.

—¡Vámonos, Tranek! —dijo el abuelo.

—¡Señora Tranek, si no le importa! —precisó el ama de llaves abandonando la casa de madera tras el doctor.

Julia y Juan todavía se estuvieron riendo un rato. A continuación, Julia cogió un cuchillo y tres platos del cajón de la mesa y cortó tres trozos de tarta. El pequeño para ella, el mediano para Juan y el más grande para Jericó. La tarta era de arán-

danos y requesón. Estaba exquisita. Pero al parecer a Jericó no le gustó porque se limitó a lamer la capa de mermelada que tenía por encima.

—Has tenido muchos regalos —dijo Juan.

Julia asintió.

—¿No vas a abrirlos?

—Luego. Lo principal es que te tengo a ti. Todo lo demás carece de importancia.

Juan se sintió muy feliz.

La historia de Julia
contada por Juan

—Bueno, Juan, ¿qué tal te lo has pasado? —le preguntó la abuelita cuando regresó a casa al anochecer.

—¡Superguay!

—¿Cuántos niños estaban invitados? —le preguntó su hermana.

—Sólo yo. Y en realidad más que un invitado era un regalo.

—¿Es que Julia no tiene amigos? —le preguntó su padre.

—¡Me tiene a mí! —replicó Juan.

—Pero sólo desde hoy —precisó su hermana—. ¡Hay que ser muy raro para no tener amigos hasta cumplir los 9 años!

—Ha estado todo ese tiempo esperándome —replicó Juan.

Al ver que su hermana se reía, intentó darle una patada en la espinilla, pero su madre lo agarró por los hombros.

—¡Juan, estáte quieto! —exclamó—. En primer lugar, no hay que pelearse, y además, tu hermana es más fuerte. ¡Sólo conseguirás cobrar!

Él no creía que su hermana pudiese vencerlo en una pelea limpia. Si la dejó en paz fue únicamente porque no quería estropear aquel domingo feliz con riñas y discusiones.

—¿Cómo son los padres de Julia? —quiso saber la abuelita.

—La madre de Julia es una mujer muy nerviosa y tiene cuatro pelucas. Y su padre es calvo y tiene una amante.

—¡Pero Juan! —gritaron a la vez su padre y su madre.

—¡Ya me figuraba yo que no te convenía relacionarte con esa tal Julia! —exclamó la abuelita.

Su hermana fue la única que no se horrorizó de lo que había dicho.

—¿Has visto a la amante? —le preguntó muerta de curiosidad.

—No. Vive en América con el padre. Y la madre, en Suecia. Y el hermano mayor, en Suiza. Y la hermana pequeña, en Italia.

—Juan, deja de mentir como un bellaco —le regañó su padre.

—¡No miento! —gritó Juan rojo de ira, porque toda la gente a la que le gusta mentir se enfada muchísimo si no les creen cuando dicen la verdad.

—¡No grites, cuenta, cuenta! —dijo la hermana.

Juan se sentó en el sillón de la televisión de

la abuelita y esperó a que su padre, su madre, su hermana y la abuelita se sentaran en el sofá y su hermano pequeño trepase al regazo de su madre.

—Julia vive con el doctor, que es su abuelo —contó entonces—. Guisar, regañar, lavar, planchar, ordenar y mandarla a la cama lo hace la señora Tranek. El padre de Julia es hijo del doctor. Vive en América. Hace ya mucho tiempo. Se casó una vez que vino de visita. Con la madre de Julia. Y ella se marchó a América con él.

Juan miró a su familia. El padre, la madre, la hermana y la abuelita asintieron. Lo comprendían perfectamente.

—Pero a su madre, América le parecía horrorosa —continuó—. Así que regresó. Con Julia y con su hermano. Ella era todavía casi un bebé.

La madre, el padre, la abuelita y la hermana asintieron de nuevo.

—El año pasado la madre se marchó a Suecia. Porque de todo el mundo lo que más le gusta es Suecia.

—¿Por qué está en Suiza el hermano mayor? —preguntó la abuelita.

—Porque quiere ser cocinero —explicó Juan—. Y la mejor escuela de hostelería está en Suiza.

—Y la hermana pequeña, ¿qué hace en Italia? —preguntó el padre.

—Está con su abuela, que vive en Roma —respondió Juan.

—¿Y cómo es que vive en Roma la esposa del doctor? —preguntó la abuelita.

—La mujer del doctor está más muerta que una momia —explicó Juan—. ¡La abuela de Roma es la otra abuela!

—Una familia muy complicada —comentó el padre.

—¡En absoluto! —gritó Juan—. Tener dos abuelas es normal. Yo también las tengo.

—De acuerdo, de acuerdo —dijo el padre—. Pero, ¿por qué está Julia aquí?

—Porque vivió en América con su padre y en Suecia con su madre y en Roma con su abuela y ninguno de esos sitios le gustó. ¡Esto es mejor! —precisó Juan.

—¡Ah, claro! —exclamaron la madre y el padre y la hermana y la abuelita.

Luego se quedaron callados, mirándose entre sí.

—Pobre niña, esa Julia... —comentó entonces la madre.

—Qué va —dijo Juan—. De América ha recibido como regalo 10 paquetes a rayas verdes y amarillas y de Suecia, otros 10 de color rojo. Los de Roma los recibirá mañana, porque la abuela italiana es lenta. Pero rica. ¡Le mandará por lo menos otros tantos! Y eso que Julia tiene ya un montón de cosas.

—¿Sí? ¿Qué? —preguntó su madre.

Juan las enumeró.

—Julia tiene muchos pañuelos de seda. Y una bicicleta roja. Y siete pistolas de juguete, y una escopeta de plástico. Y dos cortaplumas muy afilados. Y una cartera roja con cierres metálicos que centellean cuando les da la luz. Tiene un perro San Bernardo. Y un sombrero de *cowboy* tejano de ala ancha, de los de verdad. Y un gato. Y dinero de sobra para sus gastos. Dólares americanos, coronas suecas, liras italianas y marcos de su abuelo. También tiene un agujero entre los dientes por el que puede silbar. Y castillos de papel recortados y montados por ella misma. Y cien cartas de su hermano. Le escribe una todas las semanas.

—¡Es tremendo todo lo que tiene Julia! —exclamó la madre—. ¡Al parecer lo tiene todo!

—No —dijo Juan—. ¡Todo no!

—¿Y qué es lo que le falta? —preguntó el padre.

Juan enumeró.

—Julia no tiene una colección de cajas de cerillas ni álbumes de sellos. Ni un *scalextric*. Ni maquetas de coches, ni plumas de indio. Y el papel de la pared de su cuarto no es bonito. Es de flores de color rosa, muy raquíticas. Julia no tiene tirantes, ni prismáticos, ni relojes que destripar. También le faltan libros, y construcciones y un hámster. Además, con el chocolate la tienen a raya. Por los dientes...

Juan miró a su familia y prosiguió con un suspiro.

—Tampoco tiene mucha suerte. No tiene una hermana que le haga los deberes de matemáticas. ¡Y si alguna vez coge el autobús sin billete aparece el revisor! ¡Y si la señora Tranek hace añicos algo, el abuelo piensa que ha sido Julia! ¡Y cuando rompió de un pelotazo el cristal de la puerta de la florería, el dueño se dio cuenta enseguida que había sido ella!

—¡Es terrible! —dijo la madre.

Juan asintió.

—Además tampoco tiene una verdadera abuela ni una madre y un padre realmente auténticos. Porque tenerlos tan lejos es como no tenerlos.

—Ni una hermana mayor —dijo la hermana.

—Eso será lo más soportable —replicó la abuelita.

Juan sonrió.

—Pero ahora todo está en orden —anunció—. ¡Vamos a compartirlo!

—¿Qué es lo que vais a compartir? —preguntó la madre.

—Todo —respondió Juan.

—¿Incluso a mí? —quiso saber la abuelita.

Juan asintió.

—A cambio suponto que me tocará la mitad del abuelo.

—¿A mí también piensas compartirme con Julia? —preguntó su hermana.

—¡Por supuesto! Tú le harás los deberes de

matemáticas y a cambio su hermano me escribirá una carta todas las semanas.

—¿Y qué hay de nosotros? —preguntaron el padre y la madre.

—Como es natural, a vosotros también os compartiré con ella —contestó Juan frunciendo el ceño.

—¿Y qué recibirás a cambio? —le interrogó la madre.

—Podré llevar a Jericó de la correa. Y ponerme el sombrero de *cowboy*. Y además... —añadió levantándose de la butaca de la televisión de la abuelita—, cuando se trata de amistades, no hay que ser tan calculador.

Juan abandonó el cuarto de estar. La madre, el padre, la hermana y la abuelita le siguieron con la mirada.

—¡Estamos apañados! —exclamó su hermana—. ¡Vamos a tener la casa hasta los topes!

Juan y Julia lo comparten todo

Desde el domingo del cumpleaños, Juan y Julia compartieron de verdad todo lo que tenían. Hasta las cosas desagradables. La señora Tranek, por ejemplo, pues cuando Juan pasaba la tarde del lunes, del miércoles y del viernes con Julia, le regañaba lo mismo que a ella.

Y cuando Julia visitaba a Juan en su casa los martes, los jueves y los sábados por la tarde, compartían las cajas de cerillas, los coches de juguete y los relojes desmontados, y también al hermano pequeño de Juan, que podía ser pesadísimo. Gateaba por el suelo sin importarle un pimiento que el *scalextric* estuviera montado o los coches de juguete perfectamente alineados. En cuanto Juan y Julia se descuidaban, se abalanzaba sobre los sellos de correos, se los metía en la boca y se los zampaba. Su hermano pequeño era un caprichoso, ¡lo quería todo! Y si no se lo daban, se ponía a berrear como un demonio.

Los domingos, Juan y Julia no los pasaban juntos.

—Los domingos son para descansar —le había dicho a Juan su madre—. Pasar juntos todos los días —le explicó— acaba con la mejor amistad.

Juan no creía que tuviera razón, pero no se opuso porque se daba cuenta de que bastante tenía su madre con aguantar a Julia tres veces por semana.

—Julia es una niña muy simpática, pero te crispa los nervios. ¡De veras! —había oído que le comentaba a su padre.

Juan comprendía hasta cierto punto que Julia le atacase los nervios a su madre. Porque no era una niña tranquila y discreta. Cuando quería algo, lo exigía. Si no se lo daban, siempre preguntaba por qué.

Cuando le apetecía gritar bien alto, lo hacía mejor que toda una tribu de indios, y si la vecina golpeaba la pared con el cepillo, Julia, en vez de callarse, cogía otro cepillo y golpeaba también la pared.

A Julia le parecía completamente normal saltar desde el peldaño más alto de la escalera de mano a la cama de los padres de Juan. Para dibujar, usaba el hermoso papel de cartas de la abuelita hecho a mano. Y cuando jugaban a los indios, cogía del cuarto de baño las barras de labios y las sombras de ojos de la madre de Juan para hacerse sus pinturas de guerra y se embadurnaba la cara con dos barras y tres cajitas. Y sacaba de la jaula al hámster de Juan y se olvidaba luego de volver a meterlo dentro. El hámster entonces se escondía no se sabe dónde y la madre tenía que buscarlo. A veces el hámster permanecía oculto durante toda la noche. Y a la mañana siguiente la moqueta aparecía cubierta de sus cagaditas.

En una ocasión Julia pintó en el papel pintado del cuarto de Juan. Con un rotulador rosa dibujó rosas de color rosa entre los patos Donald, los tíos Gilito y los golfos apandadores. Entonces la abuelita se enfadó muchísimo. Julia no lo entendió.

—Pero, abuelita, no te pongas así —le dijo Julia—. A cambio, Juan puede pintar patos Donald y tíos Gilito y golfos apandadores entre mis rosas de color rosa.

Además Julia siempre estaba hambrienta. En una tarde necesitaba por lo menos 7 bocadillos y 5 jarras de cacao. Y chocolate, y caramelos, por supuesto. Julia se pirraba por el chocolate.

—¡Abuelita, no seas roñosa, dame un poco más! —decía cuando la abuelita le negaba la octava chocolatina—. ¡Si tienes una tienda entera llena de chocolate, abuelita!

—Pero es para vender —respondía la abuelita—, no para comérmelo yo. Si no vendo chocolate, no ganaré dinero y me moriré de hambre.

—De eso nada, abuelita —replicaba Julia—, porque entonces podrías comerte el chocolate.

—Que no —insistía la abuelita—. Si me

como el chocolate, no tendría dinero para comprar más y me moriría de hambre.

—Entonces, saca dinero del banco —sugería Julia.

—Del banco sólo puedes sacar dinero si lo has metido antes —decía la abuelita.

—Eso es una tontería —decía Julia—. ¡Hay que cambiarlo!

—¡Vale, vale! —suspiraba la abuelita—. ¡Cámbialo!

Y salía inmediatamente de la habitación porque no tenía ganas de seguir hablando con Julia de dinero, ni de bancos, ni de chocolate.

Julia entonces corría junto a la madre de Juan.

—Mamá de Juan, tienes que poner dinero en el banco a nombre de la abuelita. Para que pueda sacarlo.

La madre de Juan se reía.

—¡En serio! —decía Julia—. Si no, se morirá de hambre.

—Yo no tengo dinero para meter en el banco —contestaba la madre de Juan—. El que tengo me llega justo para pagar el alquiler y comprar la comida y todo lo demás. ¡No me sobra ni un céntimo!

—¡Eso es una tontería! —decía Julia—. ¡Hay que cambiarlo!

—¡Vale, vale! —suspiraba la madre—. ¡Cámbialo!

A continuación, Julia iba a ver al padre de Juan, que acababa de volver a casa de trabajar, y le decía:

—Papá de Juan, tienes que darle a la mamá de Juan más dinero, para que pueda meter una parte en el banco y la abuelita pueda sacarlo del banco y no se muera de hambre.

—Le doy a la mamá de Juan todo lo que me da mi jefe —contestaba el padre—. Y él se niega a darme más.

—Eso es una tontería —decía Julia—. ¡Hay que cambiarlo!

—¡Vale, vale, cámbialo! —decía el padre, saliendo de la habitación.

Julia quería cambiar de verdad ese asunto del dinero.

—Abuelito —le dijo por la noche al doctor—, hay que arreglar el asunto del dinero.

—¿Por qué?

—El jefe del padre de Juan le da tan poco dinero que la madre de Juan no puede meter nada en el banco. Por eso la abuelita no puede sacar nada.

—Bueno, ¿y qué?

—Nosotros siempre podemos sacar dinero del banco —dijo Julia.

—¿Bueno, y qué? —insistió el abuelo.

—¡Pues que es injusto! —replicó Julia.

A continuación le propuso que compartiese

con los padres de Juan el dinero que tenía en el banco.

El abuelo se opuso.

—¡De eso ni hablar! —dijo—. No pienso regalar mi dinero. ¡Me gusta tener dinero!

Julia intentó convencerlo de que lo repartiera. Pero el abuelo se mantuvo en sus trece.

—¡Ni soñarlo! —gritó—. Entonces también tendría que repartirlo con la señora Tranek. Ella tiene todavía menos dinero que los padres de Juan. También tendría que repartirlo con la portera. Y con la ayudante de mi consulta. La mayor parte de los pacientes que acuden a mí tienen también menos dinero que yo. ¡Si lo reparto con todos ellos me quedaré sin nada!

El abuelo argumentó que entonces se vería obligado a vender su magnífico Mercedes. Y no tendrían carne suficiente para Jericó. Y tendrían que convertir en leña *Villa Julia*. Y no podría ir de vacaciones a Capri. Y tendría que renunciar a sus cigarros habanos.

—¡Pero yo lo comparto todo con Juan! —exclamó Julia.

—Haz lo que quieras, eso es asunto tuyo —contestó el doctor.

—Gracias —dijo Julia.

—¿Gracias por qué?

—Porque hay abuelos que son tan avaros que obligan a sus nietos a serlo también —contestó su nieta—. Te agradezco que sólo seas avaro contigo mismo.

A la tarde siguiente, cuando Juan fue a casa de Julia, ésta le preguntó:

—¿Cuánto dinero tienes?

Juan sacó unas cuantas monedas del bolsillo del pantalón, medio chelín en total.

—¿Y en casa?

—¡Nada! —dijo Juan.

—Dame la mitad —exigió Julia.

Juan repartió las monedas.

Julia cogió una lata del cajón de la mesa y sacó de ella cuatro billetes.

—Son 800 chelines —informó, y separando 400, los empujó hacia su amigo.

—No puedo aceptarlo —dijo Juan—. Mis padres se opondrían.

—Si lo compartimos todo, también hemos de compartir el dinero —replicó Julia.

—Mi padre siempre dice que con el dinero termina la amistad —afirmó Juan.

Julia reflexionó unos momentos y silbó a través del hueco entre los dientes.

—Ellos no tienen por qué enterarse de esto —añadió.

—De un modo u otro, siempre acaban enterándose de todo.

Julia volvió a reflexionar y a silbar por el agujero entre los dientes. Después se levantó, co-

gió otra lata y metió dentro el dinero que le corres-
pondía a Juan.

—Déjalo en mi casa —dijo.

Guardó las dos latas en el cajón de la mesa.

Juan se alegró. Nunca en su vida había
tenido tanto dinero. Ahora era rico; al menos los
lunes, miércoles y viernes por la tarde.

A Julia se le ocurre una idea

Un día Juan y Julia estaban en *Villa Julia* sentados en el suelo, apoyados en Jericó que, tumbado tras ellos, dormitaba.

—Jericó, viejo, menuda vida te pegas, mucho mejor que yo, animalito —decía Julia rascándole suavemente el lomo.

—¿Por qué mejor? —preguntó Juan.

—Porque no tiene que ir al colegio.

A Julia no le gustaba ir al colegio. Le resultaba insoportable.

—El colegio al que voy ahora es todavía más estúpido que los colegios en los que he estado antes —explicó Julia.

Hacía medio año que había regresado de Suecia, donde había asistido durante seis meses a un colegio. Y antes a otro en América.

—¿Por qué es más estúpido el colegio de aquí? —preguntó Juan.

—En Suecia y en América —explicó Julia—, no entendía todo lo que decían los niños y la profesora. Porque no sé mucho inglés y el sueco lo hablo fatal. Pero aquí lo entiendo todo. Y me doy cuenta de lo estúpidos que son todos.

—¡Sí, a veces lo son, desde luego que sí! —confirmó Juan.

Recordaba cómo se habían burlado de él los niños por llevar los zapatos de distinto color, uno azul y otro rojo, y cómo Karin, Sissi y Andrés corrían tras él cantándole canciones absurdas. Pero como los niños ya no lo molestaban y Andrés, Karin y Sissi habían encontrado a Thomas para una amistad a cuatro y lo dejaban en paz, añadió:

—...Pero la estupidez desaparece con el tiempo.

—Tampoco me gusta mi profesora —dijo Julia—. Siempre está de mal humor.

—A mí me encanta la mía —dijo Juan—. La señora Meyer es muy cariñosa.

—No lo creo. Una mujer que se llama Meyer por fuerza tiene que ser tonta.

—¡Pero Julia! —exclamó Juan—. ¡No digas bobadas! Ser cariñoso o malhumorado no tiene nada que ver con el nombre. Mi papá conoce a un señor llamado Alegre. ¡Y siempre está triste!

—Por mí... Pero los niños de tu clase parecen auténticos monos.

Julia conocía a un par de niños de la clase de Juan, porque a veces iban a pasear con Jericó y cruzaban el parque donde solían reunirse los compañeros de clase de Juan.

—No todos los niños de mi clase parecen monos —la contradijo Juan.

—¡Calla, calla! —exclamó Julia—. Nos miran como monos y actúan igual que ellos. Y el mono jefe es el que le tiró del rabo a Jericó y se echó a temblar en cuanto le gruñó. ¡El supermono, el tonto ése!

Julia suspiró, esperando la respuesta. Pero Juan siguió callado porque no quería discutir con ella.

Así que durante un rato permanecieron sentados en silencio uno junto al otro, Julia rascándole a Jericó entre las orejas y Juan acariciándole el rabo que no cesaba de moverse.

—Ningún colegio es bueno. ¡No quiero ir al colegio! —dijo Julia al fin.

—No nos queda otro remedio... —dijo Juan.

—¡Pues la semana que viene no pienso ir! —replicó Julia—. ¡De veras! Necesito reponerme de todo esto!

—¡Tú estás loca! La señora Tranek no va a permitir que te quedes en casa. Y el abuelo tampoco.

—¿Bueno, y qué? ¡Me importa un bledo! —Julia sonreía maliciosamente—. Me marcharé muy temprano con mi cartera y me sentaré en el parque a leer uno de tus libros. Y a mediodía, cuando el reloj del campanario dé la una, regresaré a casa.

Juan meneó la cabeza.

—Si faltas dos días sin presentar ningún justificante, la profesora llamará a tu casa para averiguar qué pasa, y entonces saldrá todo a relucir.

—Tienes razón —reconoció Julia.

Se puso a pensar silbando a la vez por el hueco entre sus dientes. El silbido despertó a Jericó. Bostezó, se estiró, se levantó de un brinco y con la cabeza le dio a Juan un empujón en el hombro. Su gesto significaba: «¡Vámonos de paseo!»

Julia dijo:

—¡Oye Juan, se me acaba de ocurrir una idea! Tú llamas a mi colegio imitando la voz de la señora Tranek y les dices que Julieta Bramber no puede ir a clase porque se ha marchado a América a pasar una semana... o dos. Con su padre. Que se moría de nostalgia por verlo.

Durante el resto de la tarde Julia ensayó con Juan. Pero éste no consiguió hablar como el ama de llaves. Su voz sonaba demasiado atiplada. Y cuando simulaba una voz profunda, no parecía la señora Tranek, sino más bien Jericó ladrando.

—¡Ya se me ocurrirá otra cosa! —concluyó Julia.

Más ocurrencias de Julia

La tarde siguiente Julia ya había pensado otra cosa. Cuando fue a casa de Juan, se llevó con ella a Jericó. Era la primera vez que lo hacía, porque el hámster se asustaba de Jericó y le entraban palpitaciones.

—Tenemos que conseguir que Jericó me muerda en la mano derecha —le dijo a Juan—. Entonces el abuelo me pondrá un vendaje bien gordo y no podré escribir. Como me dolerá, no pararé de quejarme y de gemir. Eso molestaría a la clase, así que ¡tendré que quedarme en casa!

Julia y Juan se esforzaron al máximo.

—¡Muerde, Jericó, muerde! —rogaba Julia poniendo la mano derecha ante el hocico del San Bernardo.

Pero Jericó se negaba a morder. Ni siquiera cuando Julia le metió la mano en la boca.

Entonces Juan trajo una morcilla de la cocina y Julia se la restregó entre los dedos. La morcilla era la comida preferida de Jericó. Éste lamió con todo cuidado la morcilla de los dedos de Julia. Pero de morderla, nada.

Un día Jericó había mordido a un hombre que le había pisado una pata, así que Julia probó a darle un pisotón a Jericó, aunque con poca fuerza, pues quería mucho a su perro.

A Jericó el pisotón le sentó muy mal, y, ofendido, se metió debajo de la cama de Juan.

—Es que este animal es demasiado bueno —dijo Julia.

Y entonces se acordó del gato. El gato era viejo y tenía muy mal carácter. Bufaba, mordía y arañaba en cuanto le molestaban.

—Mañana haré que el gato me destroce la mano a arañazos y mordiscos —dijo Julia.

A la tarde siguiente, en casa de Julia, Juan y su amiga se pusieron a buscar al gato. Pero el gato se había escondido.

—Jericó, busca al minino. Jericó, ¿dónde está el minino? —decía Julia.

Jericó no tenía ninguna gana de buscar al gato, pero como Julia no paraba de pedírselo y le susurraba al oído: «¡Busca, Jericó, buen perro, busca!, el San Bernardo hacía como si estuviera buscándolo.

Trotaba por la casa olfateando. Al llegar junto a la ventana abierta de la cocina, se detuvo, miró hacia el peral que crecía enfrente y empezó a ladrar. Con sus ladridos quería decir: «Creo que está sentado en la rama más alta del árbol».

Julia y Juan corrieron hacia el árbol con una lata de comida para gatos, y, situándose debajo, intentaron atraerle con halagos.

—¡Minino, toma, minino, toma, carnecita!

Entonces el gato bajó del árbol. Julia le tendió la lata abierta. El gato se acercó. Julia agarró al gato y lo levantó.

—¡Araña, minino! ¡Muerde, minino! ¡Pero fuerte! —le dijo Julia mientras le soplaba en una oreja, cosa que al gato le resultaba insoportable.

El gato maulló enfadado. Y quiso escapar de las manos de Julia.

—¡Primero tienes que arañar y morder! —exigió Julia mientras lo sujetaba.

El gato bufó. Después arañó. Y mordió. Pero los gatos muy viejos no tienen mucha fuerza en los dientes. El mordisco ni siquiera se veía. Y los dos arañazos que el gato le había hecho a Julia no estaban en la mano derecha, sino en la mejilla izquierda, justo debajo del ojo.

A pesar de todo, Julia corrió junto al doctor y sollozando le mostró los dos arañazos sangrantes.

—Abuelito calvorota, esto hay que coserlo. ¡Y con anestesia!

El doctor se rió de su nieta, y se limitó a echarle en los arañazos unas gotas de un líquido rojizo.

—Pues así arañada no puedo ir al colegio —dijo Julia.

—No seas ridícula —contestó el abuelo—. Por supuesto que irás así al colegio.

Entonces Julia comprendió que dos arañazos de gato no bastaban para que la considerasen enferma.

—Mierda —murmuró.

Salió del cuarto del abuelo y cerró la puerta de un portazo.

—Ya no se me ocurre nada —le comunicó a Juan—. Ahora te toca a ti pensar algo antes de mañana.

Juan lo prometió.

El hallazgo de Juan

—Julia, he estado pensando —dijo Juan la tarde siguiente en su casa—. Basta con que te hagas la enferma. Mi hermana también lo hace a veces. Cuando tiene un examen. Se tumba en la cama y dice que se siente mal.

—Eso sólo es posible porque no tenéis un médico en casa —suspiró Julia—. Pero el abuelo sabe lo que se hace.

—Pues con el apéndice de la abuelita hubo tres médicos que no sabían lo que se hacían —dijo Juan.

—Yo ya no tengo apéndice —explicó Julia—. También me han operado de anginas. Y para todo lo demás hace falta fiebre o tos y ronquera o vómitos y diarrea. O manchas rojas. O la lengua sucia y de color verde.

«Tiene que haber una enfermedad que se pueda fingir», pensaba Juan. Y como en ese preciso momento entraba su hermana en la habitación a preguntar si tenía que hacerles los deberes de matemáticas, Juan le preguntó a su hermana por esa enfermedad.

La hermana afirmó primero que una enfermedad así no existía. Pero después, acordándose de las muelas de tía Anna, dijo:

—La tía Anna siempre tiene dolor de muelas. Le dan unos dolores tan espantosos que le impiden dormir por la noche. Pero ningún dentista encuentra nada. A la tía Anna le han hecho miles de radiografías de todas sus muelas, sin encontrar nada.

—¡Justo! —exclamó Juan—. La abuelita piensa que lo de la tía Anna es cosa de los nervios o algo parecido al reúma.

—¡Reúma en las muelas! ¡Es estupendo! —gritó Julia—. ¡El reúma en las muelas te hace polvo!

—¿Cómo que es estupendo? ¿Cómo que te hace polvo? —preguntaba la hermana.

—Vamos, díctanos las cuentas —dijo enseguida Juan—, que hoy tenemos los dos un montón de deberes.

Y como la hermana no disponía de mucho tiempo —quería irse al cine con sus amigas—, cogió los libros de matemáticas de Juan y Julia y le dictó doce cuentas a Julia y otras tantas a Juan. Y se olvidó del reúma en las muelas.

Cuando la hermana salió de la habitación, Julia se echó a reír.

—¡Eso es, Juan! —exclamó—. Desde mañana, estoy enferma.

Julia, enferma de muerte

Cuando Juan se presentó al día siguiente para ver a Julia sólo estaban en casa la señora Tranek y Jericó. En la sala de espera del doctor había tres pacientes.

—El doctor se ha marchado con Julia al dentista —informó el ama de llaves—. Pero pronto estarán de vuelta. La consulta empieza dentro de cinco minutos.

La señora Tranek acompañó a Juan a la cocina y le preparó siete bocadillos y una jarra de cacao. Creía que todos los niños tenían tanta hambre como Julia.

Pero Juan no tenía hambre. Hacía apenas una hora que había comido en su casa raviolis con jamón. A pesar de todo, empezó a comerse los bocadillos para no ofender al ama de llaves.

Engulló uno tras otro, mientras ésta le contaba que Julia se había despertado por la mañana con un terrible dolor de muelas.

—Cómo se quejaba mi pobre corderita —decía la señora Tranek—. Y al lavarse los dientes, por poco se desmaya.

Juan preguntó si había ido al colegio.

—¿Cómo se te ocurre semejante idea? —exclamó el ama de llaves—. La pobrecilla estaba empeñada en ir, pero yo no la he dejado. ¡Si uno coge frío con dolor de muelas, la cosa puede empeorar más todavía!

Justo cuando Juan tragaba con dificultad el último mordisco, llegaron el doctor y Julia. Ésta llevaba enrollado alrededor de la cabeza un chal de lana a cuadros que únicamente dejaba al descubierto la nariz y los ojos.

—Todos los dientecitos impecables —dijo el abuelo—. Ni una caries, ni sarro, ni encías inflamadas. ¡Sabe Dios lo que tendrá!

—Tengo reúma en las muelas —farfulló Julia a través del chal de lana.

Y a continuación lanzó unos gemidos tan horribles, tan trágicos y tan sentidos que Juan pensó: «A lo mejor le duele de verdad. Pudiera ser que si finges una enfermedad, acabes padeciéndola de verdad».

—¡Déjate ya de desatinos! —gritó el doctor—. El reúma de muelas no existe.

—¡Pues claro que existe! —exclamó la señora Tranek—. Mi abuela lo tuvo.

—Los ancianos tienen todo tipo de cosas extrañas —añadió el abuelo—. Pero Julia no es una anciana y, por tanto, no puede tener enfermedades inexistentes.

El ama de llaves puso las manos en jarras, entornó los ojos hasta convertirlos en dos ranuras estrechas y enfurecidas, y adelantando la barbilla, exclamó:

—¡Ustedes los médicos son todos listísimos, faltaría más! ¡Pero no saben librar de sus dolores a un corderito inocente!

Julia volvió a lanzar unos gemidos que partían el corazón. Jericó encontró tan espantosos esos ayes y lamentos que empezó a aullar. Y el gato encontró tan atroces los ayes, los lamentos y los aullidos, que empezó a maullar.

—¡Esto es un infierno! —bramó el abuelo—. ¡No hay quien lo aguante! ¡Me voy!

Salió a escape de la cocina murmurando que tenía que ir rápidamente a su consulta. A ver a sus pacientes, que sufrían males más razonables que su nieta.

—¡Bárbaro, bruto, ignorante! ¡Especialista idiota y sin sentimientos! —despotricó tras él la señora Tranek.

Juan notó que Julia se reía a escondidas tras el chal. Le entró miedo de que también se diera cuenta la señora Tranek. Pero ésta ni se enteró.

—Ven, Julia, corderita. Yo te cuidaré con los métodos de mi abuela. Ya verás cómo te sientan de maravilla.

Julia dejó de reírse por lo bajo tras el chal de lana y volvió a gemir. Esta vez sonaban casi sinceros. Los métodos curativos de la abuela Tranek no le inspiraban demasiada confianza.

El método curativo del reúma de muelas de la abuela Tranek era como sigue: Julia debía quitarse el chal de la cabeza y meterse en la cama. El ama de llaves cogió un paquete de algodón de tamaño familiar. De esos en los que el algodón viene en zigzag. Enrolló a Julia alrededor de la cabeza la larga tira de algodón hasta que ya sólo asomaba su nariz entre una enorme bola algodonosa.

—Para que pueda respirar —explicó la señora Tranek.

Después, colocó cuatro bolsas de agua caliente sobre la bola de algodón. Una a la derecha de la nariz, otra a la izquierda, la tercera debajo, y la cuarta la deslizó entre la bola de algodón y la almohada. Y para que las bolsas de agua caliente no pudieran escurrirse, envolvió el conjunto con el chal de lana a cuadros. Para terminar prendió dos imperdibles en el chal.

—¡Ajajá! —exclamó—. Y ahora mi ovejita se quedará bien metidita en la cama. Y dentro de una o dos horas, se sentirá mucho, pero que mucho mejor.

Luego el ama de llaves se fue a la cocina porque tenía que cortar tocino para hacer manteca.

A Juan le encargó que se quedase con Julia y la cuidase.

Apenas hubo salido por la puerta el ama de llaves, Julia dejó de quejarse, se incorporó y tiró de la envoltura de algodón y del chal hasta que consiguió dejar libre la boca.

—Maldita mierda —bufó—. ¡Esto no me lo había imaginado!

—Pareces un globo a cuadros —dijo Juan conteniendo la risa.

—Me importa un pimiento la pinta que tengo —dijo Julia—. Se me van a derretir los sesos de calor. Y estoy a punto de morirme de hambre. Desde ayer por la noche no he probado bocado.

—Te traeré unos bocadillos —dijo Juan.

—Los verdaderos enfermos de muerte como yo no tienen hambre. Y además, con reúma de muelas no se puede comer nada. ¡Tendría que gritar de dolor a cada mordisco!

Julia sacó las bolsas de agua caliente de debajo del chal y las introdujo bajo la manta.

—¡Uf! Ahora me siento mejor —y tras una pausa añadió—: Vete a ver a la señora Tranek y dile que tienes hambre, que te dé bocadillos, y luego me los traes.

—Ya me los ha dado hace un rato —le explicó Juan.

—¡Dile que hoy tienes un hambre de lobo! —sugirió Julia.

Juan fue a la cocina y le dijo al ama de

llaves que tenía un hambre de lobo y que le gustaría comerse unos cuantos bocadillos más. Ésta dejó de cortar tocino, untó siete panecillos de mantequilla, los rellenó con jamón, salami, queso Emmental y pepinos y les puso mayonesa por encima.

Juan los colocó sobre una bandeja y se dispuso a regresar junto a Julia, pero la señora Tranek no le dejó salir de la cocina.

—Tienes que comer aquí —le advirtió—. La pobre Julia no tiene nada en el estómago desde ayer por la noche. Y ya sabes lo tragona que es. Bastante tiene con estar hambrienta y no poder probar bocado por culpa de los dolores. Si encima te pones a comer delante de ella, será una tortura infernal para la pobrecita.

—Pero si el algodón le tapa los ojos... —dijo Juan—. ¡Ella no puede verme!

—Pero puede oler el jamón —replicó la señora Tranek—. Y si masticas, lo oirá. No, no, cómetelos aquí.

—Pero es que tengo que cuidar de Julia —dijo Juan.

El ama de llaves puso a Juan un bocadillo en la mano y dijo:

—¡Entonces date prisa!

Juan pensó: «Como note que no tengo hambre, se dará cuenta de que pensaba llevarle los bocadillos a Julia. ¡Y no puede darse cuenta!»

Así que Juan dio un mordisco y masticó.

Volvió a morder. Y a masticar. Pero era incapaz de tragarse los mordiscos.

—¿Quieres limonada? —preguntó el ama de llaves.

Juan asintió. La señora Tranek llenó una jarra de limonada. Juan dio un trago enorme y arrastró hacia abajo los mordiscos masticados. «Vaya... ¡Funciona!», pensó. «La limonada se lleva lo que he masticado directamente hasta el estómago.»

Al terminar el tercer bocadillo, necesitó una nueva jarra de limonada; y tras el quinto, pidió otra más. Cuando estaba con el último bocadillo —ya sólo le quedaban cuatro mordiscos—, se sintió raro. Le zumbaban los oídos, le costaba respirar, y sus ojos no funcionaban como es debido. Todo lo que miraba aparecía salpicado de puntitos grises. Era como si estuviese mirando a través de unas gafas muy sucias.

—¿Juan, qué te ocurre? ¡Ay, Juan, estás pálido como la cera! —gritó la señora Tranek.

Juan oyó muy apagada la voz del ama de llaves. Como si tuviera algodones en los oídos. Después le entraron ganas de vomitar.

—Perdón, voy a vomitar —susurró.

La señora Tranek lo cogió por los hombros y lo arrastró hacia el cuarto de baño mientras le rogaba:

—¡Resiste, Juan! ¡No vayas a vomitarme en el suelo! ¡Enseguida llegamos!

Consiguió llegar al cuarto de baño sin ponerle perdido el suelo. Después vomitó primero siete bocadillos y luego otros siete más, los raviolis con jamón del mediodía y el cacao y las tres jarras de limonada.

La señora Tranek, de pie ante el retrete, se lamentaba en voz alta.

—¡Madre del Amor Hermoso! ¡Este chico está a morir! ¡Este chico va a vomitar hasta el alma! ¡Doctor! ¡Doctor! ¡Venga ahora mismo! —gritó mientras salía corriendo hacia la consulta.

Julia lo había oído todo. Pero ya no estaba en la cama, sino detrás de la puerta de su cuarto esperando a Juan con los bocadillos. Los gritos del ama de llaves le dieron un susto de muerte. Preocupada por Juan, se olvidó de que padecía reúma de las muelas. Salió corriendo de su habitación, llegó al cuarto de baño, abrazó a Juan, que estaba vomitando, y exclamó:

—¡Ay, Juan, querido Juan, no te me mueras! ¡Juan querido, no vomites hasta el alma!

Cuando el doctor y la señora Tranek llegaron al cuarto de baño, Juan ya se había recuperado. Estaba sentado en la taza del retrete y sonreía, aunque seguía muy pálido. Julia, a su lado, le acariciaba sus rizos rojos.

—Ya vuelve a estar mejor —decía—. Y aún tiene el alma dentro del cuerpo.

En su camino hacia el cuarto de baño, Julia había perdido el chal. También el algodón había volado de su cabeza. Sólo un par de diminutas hilachas colgaban de sus orejas, pegadas a sus bucles rojos empapados de sudor.

—Y según veo, también tú vuelves a sentirte perfectamente —le dijo el abuelo a su nieta.

A Julia no le quedó más remedio que asentir.

—En ese caso, mañana podrás volver al colegio —dijo el doctor mientras en sus labios se dibujaba una taimada sonrisa.

—No sé, abuelito calvorota —repuso Julia vacilante—. A lo mejor por la noche me vuelve el reúma a las muelas.

—Yo, sinceramente, no se lo aconsejaría —sugirió el doctor.

Su sonrisa había desaparecido, sustituida por una mirada bastante amenazadora.

—Vale, vale, abuelito. No volverá. ¡Seguro que no! —contestó Julia.

La señora Tranek, sin embargo, se sentía muy orgullosa. A lo largo de los días siguientes le contó a toda la gente con que se tropezaba que le había curado a Julia el reúma de muelas siguiendo el método de su abuela.

—¡Y pensar que los médicos ya casi habían desahuciado a la pobre niña! —decía.

Jericó se enamora

Un día Juan y Julia salieron de paseo con Jericó. Caminaban por el parque y Juan lo llevaba de la correa. Al principio, Jericó trotaba tras él. Pero al llegar al lago de los patos, el perro echó a correr arrastrando a Juan.

—¡Éste quiere bañarse en el lago! —gritó Juan.

—Seguro que no. Le tiene más miedo al agua que un gato —le contestó a voces Julia.

—¡Entonces quiere cazar patos!

—Imposible. Jamás caza. No le gusta —gritó Julia.

En ese momento vieron adónde pretendía ir Jericó. A la orilla del lago, bajo un sauce, había un perro. De pelo negro y sedoso. Un perro de aspecto muy esbelto y elegante. Junto a él había una mujer. Una mujer madura y gorda.

Cuando Jericó llegó galopando con Juan y Julia, la mujer sujetó al perro negro por el collar.

—¡Fuera, niños, fuera! ¡Sujetad a vuestro perro! —les increpó.

—Es inofensivo, sólo quiere jugar —dijo Julia.

—¡Lleváoslo de aquí! —chilló la mujer y, señalando a su perro, añadió—: Es una hembra y está en celo.

La mujer intentaba apartar de allí a su perra, pero ésta había visto a Jericó y deseaba irse con él. Soltó un aullido, aunque no con demasiada fuerza porque el collar del que tiraba la mujer le estrangulaba el cuello.

Julia ayudó a Juan a sujetar la correa del San Bernardo. Pero ni siquiera juntos tenían tanta fuerza como Jericó, que consiguió acercarse a la perra hasta una distancia de medio metro. Su hocico casi rozaba ya su rabo.

En ese momento, un hombre se levantó de un salto del banco en el que estaba sentado, vino corriendo, agarró a Jericó por la correa y lo sujetó con fuerza. El hombre era muy fuerte. Jericó no pudo con él y, gimiendo y aullando, se detuvo y se quedó mirando a la perra negra, que la mujer gorda arrastraba hacia la salida del parque.

El hombre sujetó a Jericó hasta que desaparecieron la mujer y su perra. Entonces soltó el collar.

Jericó no cesaba de gemir, y de aullar, y de olfatear el suelo.

—Todavía huele a Senta —explicó el hombre—. Si quiere, encontrará el camino de su casa.

—A no ser que la mujer haya subido a un

coche con su perra —dijo Julia—. ¡Entonces no podrá seguir el rastro!

El hombre se echó a reír.

—A veces los perros enamorados son capaces de las cosas más asombrosas —dijo mientras regresaba a su banco.

—¿Probamos a ver si Jericó encuentra el rastro? —preguntó Juan.

Julia asintió, aunque no habría hecho falta, porque no les quedó más remedio que seguir a Jericó y al rastro de su enamorada. Jericó tiró de ellos con el hocico bien pegado al suelo y, olfateando sin parar, salió del parque, trotó después calle abajo, atravesó el cruce, subió calle arriba, dobló dos esquinas y se adentró por una callejuela estrecha.

—¿Por qué no querrá esa mujer que Jericó se enamore de su Senta? —preguntó Juan.

—¡Sobre todo cuando Senta no tenía nada que oponer! —dijo Julia.

Jericó se detuvo ante la puerta de una casa pequeña y de un solo piso. Y empezó a aullar con todas sus fuerzas. Lanzaba unos aullidos larguísimos y lastimeros. Se sentó sobre sus patas traseras y empezó a arañar la puerta de la casa con las patas delanteras.

Algunas personas se detuvieron y se quedaron mirándolo. Hubo gente que salió de las tiendas para cotillear. En el primer piso se abrió una ventana y la señora del parque se asomó hacia el exterior.

—¡Largaos! —gritó—. Estáis perturbando el orden público. ¡Como no os vayáis, llamo a la policía!

La gente que se había congregado se echó a reír. Jericó les parecía muy gracioso.

Entonces la mujer se apartó de la ventana.

—Ahora llamará a la policía —dijo uno de los mirones.

Sin embargo, al cabo de un momento la mujer volvió a asomarse a la ventana, levantó un cubo sobre el alféizar y lo vació de golpe. A Jericó le cayeron por lo menos diez litros de agua encima. Julia y Juan también se mojaron. Y al sacudirse Jericó el agua, también los curiosos se llevaron su parte.

—¡Hiena! —gritó Julia.

—¡Bruja! —gritó Juan.

Pero a Jericó le había asustado tanto el agua que no opuso resistencia cuando Juan y Julia emprendieron el camino de regreso. Trotó tras ellos muy apenado y al llegar a casa se tumbó entristecido en su manta. No quería comer nada, ni siquiera morcilla. Ni beber. Ni jugar. No quería nada de nada.

—Abuelo, Jericó, se ha enamorado —dijo Julia y le contó al doctor toda la historia—. ¡Tienes que ir a ver a esa vieja bruja! ¡No puede prohibir el amor! —añadió.

—Además, ¿por qué se opone? —quiso saber Juan.

—Porque el amor hace que las perras se queden embarazadas y tengan cachorros —explicó la señora Tranek—, y esa señora seguro que sólo quiere tener perros de la misma raza que su Senta.

—¡Pero si Jericó es un perro de pura raza...! —exclamó Julia.

—Cierto, pero de una raza distinta a la de Senta —informó el abuelo.

—Pues a Senta eso le importaba un pimiento —replicó Juan.

—Es que no se trata de Senta —terció el ama de llaves—, sino de dinero. Los cachorros de pura raza se pueden vender muy caros, mientras que los mezclados son muy difíciles de colocar —la señora Tranek suspiró—. ¡Y eso que los mezclados son mucho más listos!

—Pero los amantes de los perros no lo son —dijo el abuelo.

Y a continuación explicó que no había que tomarse el asunto tan a pecho. Afirmó que Jericó sólo deseaba una novia, por lo que cualquier otra perra le parecería igual de bien. Añadió que ya tenía localizada una perra San Bernardo y al día siguiente llevaría a Jericó con ella. Entonces las aguas volverían a su cauce.

—Apuesto lo que queráis —dijo—. Si me equivoco, es que soy un burro.

El abuelo perdió la apuesta. Jericó ni siquiera se dignó mirar a la perra San Bernardo. Y otra que le enseñó después el abuelo, gruñó a Jericó. Al día siguiente, con la tercera perra San Bernardo, Jericó se puso hecho una fiera. Gruñó y enseñó los dientes y si no lo hubieran sacado rápidamente de la habitación, seguro que la habría mordido.

—¡Está clarísimo, abuelito calvorota! ¡Eres un burro! —exclamó Julia—. Si en lugar de Juan tú te hubieras presentado con cualquier otro niño, yo también te habría mordido.

Durante la cena Juan contó lo enamorado y lo triste que estaba el San Bernardo.

—Claro, claro —reconoció su padre—. Los perros tienen una vida afectiva más rica de lo que la gente cree.

—¿Por qué no interviene la Sociedad Protectora de Animales? —preguntó la hermana.

—Porque sólo lo hace cuando se tortura a un animal —respondió la abuelita.

—¡Atormentar a alguien por amor es una tortura! —exclamó la hermana.

El padre y la madre se echaron a reír, y a Juan le entró una rabia tremenda porque no se tomaban en serio el disgusto de Jericó.

—¡Pues sí que sois idiotas! —gritó.

—¡No te alteres! —dijo su padre—. ¡En el mundo hay cosas infinitamente peores que las penas de los perros!

—¡Muy bien dicho! —dijo la madre—. ¡Hay mucha tontería con los animales! Todos los días mueren niños de hambre. Y sufren torturas. De eso apenas se preocupa nadie. ¡Ah, pero en cuanto le pasa algo a un perrito, todo el mundo se pone como loco!

—Además, hay casos en los que el amor perruno termina trágicamente —medió la abuelita.

Y entonces contó la historia de una perra salchicha que se enamoró de un perro boxer y tuvo cachorros de él. Pero los cachorros crecieron tanto en la barriga de la perra salchicha, que no logró traerlos al mundo.

—La pobrecilla estiró la pata —concluyó la abuelita.

—Con Jericó y Senta no existe ese peligro —dijo Juan—. Los dos son del mismo tamaño. Sólo que Senta es más delgada. Y negra. ¡Y tan sedosa!

—¿Senta? ¿Grande? ¿Delgada? ¿Sedosa? ¿Negra? —preguntó la abuelita mientras Juan asentía.

—¿Lleva un collar de color rosa con remaches dorados? —continuó la abuelita.

Juan volvió a asentir.

—¿Y la señora es mujer madura, rubia y gorda? —prosiguió la abuelita.

Juan asintió.

—¡Se trata de Senta, la perra de la señora Zelman! —exclamó la abuelita—. La señora Zelman me compra chicle todos los días. De ese que no se pega en la dentadura postiza. Siempre se pasa por mi tienda antes de ir al parque con Senta. A las cinco en punto. ¡Se podría poner el reloj en hora por ella!

La hermana le preguntó si Senta era una perra normal o tenía algo especial que pudiera fascinar a Jericó. La abuelita contestó que no lo sabía con exactitud, porque en su tienda estaba prohibida la entrada de perros. Tenían que esperar fuera atados al gancho para perros. A través del cristal del escaparate, informó la abuelita, Senta no le parecía especialmente fascinante.

Juan se puso muy excitado.

—Abuelita, abuelita, ¿de verdad que la Zelman va todos los días? ¿A las cinco en punto? ¿Y la perra se queda fuera? —preguntó.

—¡Es como te digo! —replicó la abuelita—. En las tiendas que venden alimentos está prohibida la entrada de perros.

El rostro de Juan se iluminó.

—¿Y tú por qué te alegras tanto de eso? —le preguntó su madre al darse cuenta.

Juan aseguró que eso le daba igual, que lo que de veras le alegraba era lo rica que estaba la cena.

—¿Desde cuándo te gusta el repollo? —preguntó el padre—. Si no haces más que refunfuñar siempre que cenamos repollo.

Juan explicó que ese día había descubierto lo riquísimo que estaba. Por eso se alegraba tanto.

Su padre y su madre se dieron por satisfechos con su explicación.

Al día siguiente, a las cinco menos cinco, Juan y Julia esperaban a la puerta del edificio en el que se encontraba la tienda de golosinas de la abuelita. Julia llevaba un sombrero verde de paja y unas gafas de sol enormes. Juan, una gorra de visera azul y también gafas de sol. Por la abuelita. Aunque la abuelita era un poco corta de vista, si miraba por el escaparate y veía a dos niños pelirrojos se daría cuenta en el acto de quiénes eran, porque, la verdad, los niños pelirrojos no son muy corrientes.

—A lo mejor no aparece hoy —dijo Julia—. O viene sin Senta.

—Entonces vendrá mañana. O pasado mañana —replicó Juan.

—Si hay que esperar a pasado mañana, Jericó se morirá de mal de amores —dijo Julia.

En ese momento divisaron a la mujer gorda y rubia, que según la abuelita se llamaba Zelman, que venía desde el cruce en dirección a la tienda de golosinas. La perra que llevaba de la correa era realmente el gran amor de Jericó.

La señora Zelman sujetó la correa de Senta en el gancho para perros y entró en la tienda.

Para lo que Juan y Julia se proponían, el gancho para perros estaba instalado de manera muy favorable.

Entre el hueco del portal y el gancho para perros sólo tenían el muro de la casa. El escaparate de la tienda de golosinas estaba al otro lado del gancho.

—¿Tú o yo? —preguntó Julia.

—Tú —respondió Juan.

Julia salió del hueco del portal, dio dos pasos, se detuvo junto al gancho y soltó la correa.

—¡Ven! —le ordenó a Senta.

La perra siguió sentada.

Julia sacó un trozo de morcilla del bolsillo del pantalón y lo balanceó ante su hocico. Senta intentó atraparla y Julia se alejó de la tienda de golosinas con la morcilla. Senta trotó hacia la niña y la morcilla.

Julia echó a correr y Senta tras ella. Cuando dobló la esquina de la casa, Senta desapareció también.

Juan respiró aliviado, pero permaneció todavía oculto en el portal.

Poco después de que Senta y Julia doblasen la esquina, salió de la tienda de la abuelita la señora Zelman. Cuando vio el gancho para perros vacío, dio un chillido.

—¡Senta! ¡Senta! ¡Senta! —vociferó.

Y salió corriendo —gracias a Dios— en dirección contraria. Juan salió del hueco del portal y se alejó en la otra dirección.

En el parque, alcanzó a Julia y a Senta. La perra ya se había zampado la morcilla. A pesar de todo, caminaba muy formalita junto a Julia cogida por la correa.

—Es preciosa —dijo Julia—, pero también tonta. ¡Un perro inteligente no se va con desconocidos!

—¿No será que se imagina adónde la llevamos? —sugirió Juan.

Una vez en la calle Meisen, Julia se detuvo ante la puerta de su casa. Juan se acercó y llamó al timbre bajo el que podía leerse *Privado*.

Abrió la puerta la señora Tranek, pero no reconoció a Juan hasta que se quitó la gorra y las gafas.

—¿Estáis jugando a policías y ladrones? —preguntó.

—¡Qué va! —contestó Juan—. Sólo vengo a buscar a Jericó. Hemos pensado que hoy hace un tiempo estupendo para sacar de paseo a los perros.

—¿Dónde anda Julia? —preguntó el ama de llaves.

—En *Villa Julia* —respondió Juan confiando fervientemente en que Julia ya se encontrase allí con Senta.

La señora Tranek dudó de que Juan fuera capaz de convencer a Jericó de salir a dar un paseo.

—El pobre perro tiene mal de amores, y está tan enfermo que no se mueve del sitio —advirtió.

Juan fue a ver a Jericó. El perro estaba tumbado ante la puerta de la habitación de Julia mirando desconsolado ante sí. Pero cuando Juan se inclinó hacia él, Jericó empezó a olfatear. Primero levemente, después cada vez con más fuerza y por último muy excitado. Juan pensó: «Es porque he acariciado a Senta. Mis manos huelen a ella, y él lo nota».

—¡Fíjate qué cosas! —exclamó la señora Tranek—. Vuelve a moverse.

El ama de llaves se sentía muy dichosa, a pesar de que solía afirmar que Jericó le resultaba inaguantable y que acabaría despidiéndose por culpa de esa bestia.

Jericó se levantó de un salto, empezó a mover el rabo y corrió hacia la puerta. Juan la abrió. El San Bernardo bajó las escaleras dando saltos y salió disparado hacia la puerta del patio.

Juan corrió tras él.

—¡Eres el perro más listo del mundo! —dijo abriéndole la puerta del patio.

Julia estaba sentada delante de *Villa Julia.* Jericó se abalanzó hacia ella, saltó por encima y entró como una flecha en la casa de madera.

Juan cerró la puerta de la casita y se sentó al lado de su amiga.

—Ahora son felices —dijo Julia.

Juan asintió.

Juan y Julia estuvieron mucho tiempo sentados delante de *Villa Julia.*

—¿Crees que molestaremos todavía? —preguntó Julia al cabo de un rato.

Y levantándose, abrió una rendija la puerta de la casa de madera. Jericó y Senta, tumbados juntos, roncaban. Sus ronquidos sonaban muy satisfechos.

Julia se agachó junto a Senta y empujó su nariz hasta que la perra dejó de roncar y abrió los ojos.

—Senta, ahora tienes que volver a casa —dijo Julia.

Senta se levantó, dio tres bostezos largos y dos ladridos cortos y dejó que Julia le pusiera la correa rosa.

—Jericó, despídete de Senta —le pidió Julia.

Pero Jericó seguía roncando y no hubo forma de despertarlo.

—Como quieras —dijo Julia.

Cogió a Senta por la correa y atravesó con ella a toda prisa el patio y el portal hasta llegar a la calle.

Juan les dijo adiós con la mano.

Esa noche, durante la cena, dijo la abuelita:

—Hoy se ha escapado la perra de la Zelman. Debió soltarse del gancho mientras estaba conmigo en la tienda. Pero es una perra muy lista. Dos horas después estaba ante la puerta de su casa. Encontró el camino ella solita.

—Entonces todo está de nuevo en orden —dijo el padre.

—Sí —respondió la abuelita—. Pero la perra está en celo. Como se haya encontrado a un perro durante esas dos horas, va a haber descendencia en casa de la Zelman.

La hermana se echó a reír.

—Sí, con rabitos de perro salchicha.

—No —replicó Juan—. Los cachorros tendrán unos rabos maravillosos de perro San Bernardo.

Al oírlo, el padre, la madre, la hermana y la abuelita se quedaron mirándole fijamente, y Juan se dio cuenta de que habría sido preferible callarse lo de los rabos de perro San Bernardo.

—¡Pero Juan! —exclamó el padre.

—¡Señor... Señor...! ¡Juan! —exclamó la abuela.

—¿Qué es lo que estáis pensando? —preguntó la madre.

Juan se encogió todo lo que pudo. Sólo su cabeza asomaba por encima de la mesa. «¿Qué voy a decir ahora?», pensaba. «¿Confieso o lo niego todo?»

Su hermana no le dio tiempo a decidirse.

—¡No sé por qué os ponéis así! Ayer durante la cena dijisteis que la gente hace demasiadas pamplinas por los perros. Y que más les valdría preocuparse por los niños.

—También es verdad —reconoció el padre.

—De todas formas, ya no tiene remedio —dijo la madre.

—La Zelman tiene que estar muy contenta por haber recuperado a su Senta —añadió la abuelita.

Juan le hizo a su hermana un gesto de agradecimiento y volvió a asomar por encima de la mesa como si aquélla fuera una cena más.

Julia se va de vacaciones

A medida que se acercaba el verano y con él el fin de curso, Juan se sentía cada día más triste. Su madre no cesaba de preguntarle por qué no estaba alegre, qué le preocupaba. Pero él se limitaba a negar con la cabeza y a afirmar que estaba muy contento.

—Quizás espere tener malas notas —opinó el padre.

—Todo lo contrario —dijo la madre—. He hablado con la señora Meyer. Está muy satisfecha con él.

—A lo mejor está enfermo —dijo la abuelita.

—El profesor lo reconoció la semana pasada —explicó la madre—. Está sano y fuerte como un roble.

—Tal vez se esté convirtiendo en una persona triste —dijo la hermana—. Hay gente que nunca está alegre. Y si va a ser así en el futuro, alguna vez tendrá que empezar a serlo.

En cierta ocasión, cuando la madre entró a

darle las buenas noches, se dio cuenta de que estaba en la cama llorando.

Se sentó a su lado y lo acarició.

—No quiero que lleguen las vacaciones —sollozó Juan—. Cuando vengan las vacaciones, Julia se irá a América. Y a Suecia. Y me dejará aquí.

—Pero cuando terminen, regresará.

—Pero si lo compartimos todo —gimió—, también tendríamos que compartir las vacaciones. ¿Por qué no se queda aquí?

—Porque le apetece ir a visitar a su padre. Y a su madre.

—¿Y por qué no me lleva con ella? —sollozó.

—¡Pero hijo! ¿Es que pretendes dejarme sola todo el verano?

—No, pero tengo muchísimo miedo a que Julia no vuelva.

—Volverá —aseguró su madre.

—¿Lo crees en serio?

—Estoy segura de ello —contestó la madre.

Entonces Juan se secó las lágrimas y se durmió.

El primer día de vacaciones Julia hizo las maletas para viajar a América y a Suecia. Juan la ayudó mientras Jericó se dedicaba a mirarles. La señora Tranek, por su parte, entraba cada dos minutos en el cuarto gruñendo y rezongando porque Julia estaba empaquetando un montón desmesurado de cachivaches innecesarios. Pero se quedaba poco tiempo con ellos, pues enseguida volvía corriendo a su habitación para hacer sus propias maletas. El ama de llaves se marchaba seis semanas a una casa de reposo para hacer una cura de adelgazamiento.

—¿Quién le preparará la comida al abuelo mientras la señora Tranek adelgaza? —preguntó Juan.

—El cocinero de un hotel de Capri —respondió Julia—. El abuelo sale pasado mañana en avión hacia Capri.

Juan pensó: «Julia se va a América. La señora Tranek se marcha a adelgazar. El abuelo viaja a Capri. ¿Qué va a ser de Jericó?»

—¿Y quién se va a llevar a Jericó?

Julia cerró una maleta, se sentó encima de la tapa y lo miró de hito en hito.

—Yo no puedo —dijo—. Primero, es una lata llevarse a un perro al extranjero. Además, a mi padre no le gustan mucho los perros. Y a mi madre todavía menos. Cuando vivía en América, papá decía siempre que el perro tenía que irse de casa. Y cuando vivía con mamá, ella también estaba siempre protestando. Sólo el abuelo calvorota me quiere con perro.

Y tras mirarle y silbar por el hueco de su diente añadió:

—Jericó se quedará contigo. ¡A fin de cuentas es medio tuyo! ¿no?

Juan se quedó pasmado. De la alegría de poder tener a Jericó durante el verano, y del miedo a que sus padres se opusieran.

—A cambio yo me llevaré al hámster —continuó Julia—. Porque si no, le daría un patatús de tanto temblar si Jericó vive en vuestra casa.

—Pero mis padres... —no pudo seguir, porque Julia lo interrumpió.

—Tus padres no tendrán nada que oponer si yo me llevo al hámster. Incluso es mi obligación, según tu madre. Dijo que Jericó y el hámster en la misma casa son incompatibles.

—¿Por qué no me dijisteis nada? —dijo Juan.

Julia se encogió de hombros.

—Creía que para ti eso estaba tan claro como la luz del día. Mi única duda... —Julia vaciló—, era si tú me dejarías llevármelo.

Julia se levantó, fue hacia Juan, se sentó a su lado y le pasó un brazo por los hombros.

—Pero el hámster es medio mío, ¿no?

Juan asintió. Su tristeza casi había desaparecido.

El segundo día de vacaciones el abuelo, Juan y Jericó acompañaron a Julia al aeropuerto.

—¿No tienes miedo a volar sola? —preguntó Juan en el coche.

—¡Pero si el hámster viene conmigo! —repuso Julia.

El hámster iba dentro de una bolsa a cuadros, en una pequeña jaula de viaje, sobre el regazo de Julia.

—Él me cuidará —dijo Julia mientras le daba con su zapato rojo un empujoncito al zapato rojo de Juan. Éste le dio un empujoncito con su zapato azul al zapato azul de Julia.

—Me entra una tremenda alegría al pensar en el regreso —dijo Julia.

—Y a mí también —contestó Juan.

En el aeropuerto el doctor confió su nieta a una azafata.

—Los niños y los hámsters que viajan solos —le explicó a Juan— reciben cuidados especiales.

Julia besó al abuelo en la calva, a Juan en la mejilla y a Jericó entre las orejas. Luego se marchó con la azafata al control de pasaportes mientras el abuelo acarreaba las maletas hasta el mostrador de facturación.

Juan y Jericó se quedaron mirándola. Julia se dio la vuelta y gritó:

—Os escribiré una carta todos los días.

Juan se inclinó hacia Jericó, le rascó entre las orejas, justo en el mismo sitio donde le había besado Julia, y le dijo en voz baja:

—¡Jericó, pobrecito, tú no sabes leer!

Índice

ESTE LIBRO SE TERMINÓ DE IMPRIMIR
EN LOS TALLERES GRÁFICOS DE RÓGAR,
S. A. NAVALCARNERO (MADRID), EN EL MES
DE FEBRERO DE 1999, HABIÉNDOSE EMPLEA-
DO, TANTO EN INTERIORES COMO EN CUBIER-
TA, PAPELES 100% RECICLADOS.